パパへ、ママのゆめにもでてきてね

藤井あづみ

幻冬舎MC

パパへ、ママのゆめにもでてきてね

まえがき

二〇一九年春。雲の切れ目から日が差し込み、ようやく車中まで暖かさが届くようになった頃、娘を助手席に乗せながら運転をしていた。このまま進めと言われているかのように、見通しのよい道だった。すると一瞬、街中の境界がはっきり見え始めた。堪えきれない思いが、徐々に視界を悪くし始めた時、ようやく信号が赤に変わった。三年前に何度も私達を励ましてくれた歌を娘が口ずさんでいる。普段は何もなかったような顔をして平然を装う、私の心。その蓋が、春の陽気につられて、はがされたかのようだった。またこの季節がやってきたのかと主人のいない事実を、改めて「現実」にさせられた。今年、娘は小学一年生になった。

五年前、主人の手術の前日、病院前の桜の木の下でアイスを食べた後、二人で写真を撮った。今その写真がどこにあるかわからないが、良い写真だったと記憶している。あの時は五年生存率の低い状況を理解しながらも、未来の娘の晴れ姿を一緒に想像していた。それは、私が思う以上に主人には強い思いがあった。

入院前、主人は娘と二人で出かけた。帰宅をつげるチャイムが鳴り、玄関に目をむけると、娘はにこやかで、嬉しそうな顔をしている。背中に隠しきれない袋を忍ばせ私の顔を見ている。一方の主人は、何も聞かないでと言わんばかりの態度で、洗面所で手を洗っていた。いつも倹約家の主人が、特別な日でもないのに娘に玩具を買い与えること自体に驚いたが、そのモノをみて、娘に良かったねと声をかけるしかできなかった。それは娘が当時お気に入りだった玩具のお人形が使う「ランドセル」だった。

それだけに今春は堪えた。周りのご夫婦が子供の成長を見守り、一緒に卒園式や入学式に参加している姿を見て、羨ましく思った。それが悟られないように過ごしてきた反動が、きっと今頃来たのかもしれない。けれど不思議と、主人が遠くにいる感じもしなかった。

主人が亡くなった時三十歳だった私には、九十をすぎた祖父母が三人健在だった。みな周りは、夫婦揃っているのが、当たり前で暮らしている。夫婦でいることに苦痛を感じ、中には主人のいない私の状況を妬む人までいた。だから私の心の内を話しても到底わかってもらえないと思った。そこで、よく足を向けるようになったのが本屋だった。向かう前に、スマホで「死別」「癒し」「悲しみ」などの言葉を検索する。そして自分の心が落ち着けそうな本をひたすら買っては読み漁った。しばらく本屋通いをしているうちに、突然懐かしい気持ちになった。思い返してみると主人が癌と宣告された時も沢山の本を買っては読んだ。そして本の著者を探してはありとあらゆる治療法を試した。当時できる治療は全て試みたといっても過言ではない。そして治療に取りかかるたび、いつも主人が口にする言葉が決まっていた。

「奇跡の患者事例Aさんになりたい」

主人の思い描いた形とは違うけれど、本の中に主人を残してあげたい、私は主人のお陰で、自分が生きていることを深く自覚し、感じているということを伝えたいと思うようになった。主人がこの世を去ってから、どんな時も、主人と話をするようにノートに書き留めてきた。書かなければ心を保てなかった。そして毎日、生きることを考えさせられている。

「時間が解決してくれるわ」と周りから言われても理解できなかったあの頃。今でも主人のことを想わない日は一日たりともない。けれど、それでもあの頃よりはマシになってきている。私の日々の葛藤が、かつての私のような人の心に少しでも寄り添えるものになれたら嬉しい。亡き人が命を通して与えてくれた死別という経験が、自分をより幸せな人生へと導いてくれていると信じて……。

目次

まえがき……2

第一章　夫の死

話し相手がいない……12
追われる日々……16
無性に逢いたい……20
長さじゃない……23
私に力を与えてくれる場所……26
四十九日法要……29

第二章　家族の形

娘の誕生日……34
祖父母に教わったこと……37
私にしかできない事……42
お墓参り……45
モノより思い出……48

結婚記念日……51
一本の電話……54
半年目の月命日……57
年末年始……61
きっと意味がある……63
一周忌……66

第三章　長野へ

甥の誕生……70
誕生日……72
温熱施療……74
不思議な機会……77
葛藤……80
新しい風……83
おもかげ……86

第四章　新生活

せめて声だけでも……90

二度目の結婚記念日 …… 92
覚悟 …… 94
ないものねだり …… 96
音の心地良さ …… 98
ふんばれ …… 101

第五章　生きるということ

遺影の前に座る …… 106
大きなプレゼント …… 108
朝のちから …… 111
二十六日の意味 …… 114
それぞれの事情 …… 117
三回忌 …… 121

第六章　過去にはならないけど

反動 …… 126
畑デビュー …… 129
笑いの力 …… 132

娘のいない夜 …… 135
ＮＴＩの卒業式 …… 138
あなたのために …… 141
巡りあう …… 144

第七章　卒園まで

感無量 …… 148
合わせない …… 151
これからの事 …… 154
食の力 …… 156
自分だけじゃない …… 159
ひと時の幸せ …… 162
卒園式 …… 164

あとがき …… 166

二〇一六年五月二十六日（木）

朝方六時すぎに病院より電話が入る。主人しげが亡くなった。享年三十一歳だった。

第一章　夫の死

話し相手がいない

しげが亡くなって一週間も経つと、2DKの家の中は、私と娘だけになった。

「ママおきて～」

三歳の娘の身体は、朝になれば元気いっぱいだった。だが私は、起き上がれないほどのもぬけの殻になっていて、疲労しきっていた。そんなことお構いなく、モーニングコールを続ける娘に苛立ちを感じ、一度だけ力任せに叩いたことがある。我にかえったときはすでに遅く、娘の泣き声は静かな部屋中に響き渡った。娘を抱きしめるまでには、しばらく時間が必要だった。罪悪感と、お互いに逃げ場のないこの現実に、私はしばしば毛布を頭まで被り耳を塞いでいた。

翌朝、私の夢に初めてしげが出てきた。これから調布にコーヒーを飲みに行こう、という夢だった。調布は私達が学生の頃出逢った、思い出の場所である。パッと目が覚めると、調布と、コーヒー、隣にしげがいたこと以外の情景が消えてしまった。一生懸命思い出そうと、布団の中で目をつむりもう一度、夢の中に戻ろうとした。

「パパ？」

突然声が聞こえた。隣で寝ていたはずの娘が、急に身体を起こし、あたりを見渡した。

「……パパの夢みたの？」

「うん、パパとながのでドーナツたべたの」

たしかに娘としげは二回、二人だけでドーナツ屋にデートしたことがある。その帰りに玩具のランドセルを買って帰ってきた。

「ドーナツやさんのとなりは、ほんやさんだったでしょ？」

（……あっている）

「パパ、たくさんしゃべりたいことがあってさ、わたしのおたんじょうびにパパがきて、ママのおたんじょうびも、ちいさいこもおおきいこもみんなおたんじょうびにおはなをあげるんだよ！」


亡くなる前、在宅医療にしようと決めて自宅に帰ってきた。あの時は、すでに自力で歩行するのも困難で、車いすの上に座っているのが一番落ち着いているようだった。身体の不自由はあったが、それ以外は至って普通の夫婦でいられた。娘が寝た後は、特別な会話をするわけでもなく、お互いにそれぞれの時間を過ごしていた。ただ隣に気配を感じる、それだけで良かったのだ。話すことがあるとすれば、娘のことしかない。はっきりとは覚えていないが「娘ともっと話そう」というようなことを喋った気がする。そのことが急に思い出されて、娘が話す夢の中の出来事を聞きながら自然と涙が出てきた。布団の上に零れ落ちる涙をみて、娘が隣の部屋からティッシュの箱を持ってきてくれた。しかも二箱。思わず笑ってしまった。娘を抱きしめながら昨日のことを、また謝った。そして今日の夢を忘れないようにおもむろにノートを探し始めた。それからほぼ毎日、ノートに思いのたけを書いた。

毎日ノートを広げていると、また懐かしい感覚を思い出した。しげの最初の手術。三カ月の入院が予定されていた。術後しばらくは筆談が必要になることもあり、その練習をかねて交換ノートを始めた。最初は中学生みたいだね、と茶化しあいながらどうでもいいことを書いていた。

〈今日の夕飯は唐揚げを食べました。美味しかったです〉

（ん？　まだ夕飯食べてないよね？　適当な人だ……）

それでも続けていると、だんだんと真面目な内容になってきた。孤独と焦り、そして誰にもぶつけようのないしげの素直な感情が沢山ノートに書き記してあった。一人で泣いただろう日もわかったし、その日記を読みながら私が一人泣く夜もあった。三カ月の入院の終わりと共に交換ノートも終了したが、何故あれを続けなかったのかと後悔した。もっと吐き出させてあげていれば……。

今は私一人だ。ノートが濡れる日もあれば、一日に何度も書かなければ気持ちが落ち着けない日もある。いつからか出かける時もノートを持ち歩き、抑えきれない思いを吐き出すこともあった。今までなら、しげにちょっと話せば気が済むようなことも、ひたすら書いた。

「ねぇ、人の話聞いてる？」

しげに何度言ったことだろう。でもそれすら今はできない。しげが読んでくれないことはわかっているけれど書くことで発散するしか私に術はなかった。

しかし書き続けていると不思議なことがあった。辛い日ほどしげが夢に現れるのだ。

「ねぇ、人の日記読んだの？」

「……オレに聞いてほしくて書いているんでしょ」

そう言われているような気がした。

追われる日々

「一つ屋根の下で暮らす家族を亡くす」

この経験をするまで、「葬儀が終われば一段落するもの」と思っていた。しかし、その後にも向き合わなければならない仕事が様々ある。夫が亡くなった事で生じる役所での手続きや、書類の用意などだ。今から綴る出来事もまた、その仕事の一つとして、私に重くのしかかってきた。当たり前だが、しげに関する契約は全て私に変えなければいけない。こんなにも多くの書類に世帯主の名前を使っていたことに気づく。死亡届を出した後に、郵送で書類が届き、書替えを進めるものはまだいい。個人的に契約を結んでいる一つひとつにも、まずは報告作業から始めなければいけない。

「主人が亡くなりまして……」

何度も口に出し、そのたびに現実を再確認させられる。中にはどうしても直接足を運び、手続きをしなければいけないものもでてくる。

「主人が亡くなりまして……」

電話口と同じことを言っているのに、相手は私の顔をみて、しげを想像している。

（この人のご主人、何歳なんだろう）

（聞こえてますけどね）

「目は口ほどにものをいう」とはこのことだったと思った。何度も続くとだんだん、心が折れそうになる。だから、言い方を変えようと決めた。

「相続の手続きに来ました」

「お父様のご相続ですね」

「いえ、主人の……」

相手は固まってしまった。余計に堪えた。無駄な抵抗はやめようと思った。日増しに、書類が山になり、サインの嵐がはじまる。

（これが家長になるということか……）

これまでは一家の主であったしげに、私は無意識のうちに守られていたんだ。そう痛感した。

しげが亡くなって二週間後、長野に出向いた。治療のため都内に引っ越したが、しげの仕事の籍は長野に置いたままであった。しげの荷物を会社に引き取りにいかなければいけなかった。前日の夕方、長野のホテルに到着した。夕日で赤く染まった空と山々は、美しい反面、寂しさをつのらせた。

翌日、会社にお邪魔すると、しげの上司や同僚の皆さんが温かく迎えてくださった。

私の知らない、「会社員」としてのしげの様子が、そこにはあった。しげの自席に案内されて、まず机に遺影を置かせてもらった。

(戻ってきたよ)

しげの気持ちが私に乗り移り、席に座ったら目頭が熱くなった。娘が駆け寄ってきたので、膝の上に乗せ写真を撮ってもらった。そしてその後、机の中を片付けながら、しげを感じていた。

(……きっとこのペンがお気に入りだな)

ちゃんとそこにしげがいた。思わず顔がほころぶ。他の方の邪魔にならないように、淡々と作業を進めていると、また余計なことを頭が考え始めた。

(私はここで何をしているのだろうか)

一通り、妻としての仕事を終え会社を後にする時、なんだかもの哀しい気持ちになった。会社の駐車場で見せる娘の無邪気な姿だけが、救いだった。しげが一番好きだった洋服を娘に着せてきて良かった。


東京に戻った。夕飯の時間、いつもの食卓の様子を少し変えた。娘の顔がよく見える。これまで私の隣に座らせていた娘をしげの定位置に座らせたのだ。まだ隣にいてくれた方が何かと楽だとも思ったが、それよりも四人掛けのテーブルの目の前をずっと空にしておく方が辛く感じた。

「パパはなんでしんじゃったの？」

「なんでみんなのパパはしなないの？」

「なんでパパにあえないの？」

　箸を動かしながら、私の目をまっすぐ見て、娘がこう質問してくることもあった。ウソをついても仕方ないので平然と事実を話した。深刻すぎる顔をしていないことだけが救いだった。娘の中でも、三歳なりに受け入れがたい現実と葛藤をしていたのかもしれない。

食事が終わると、娘からこんな提案をされた。

「ビデオをみよう！」

　しげが娘の成長記録を映したホームビデオである。たまに映るしげの声と姿を観て、娘はこう言った。

「こうやってパパにあえばいいね★」

　……私は娘にどれほど励まされているのだろう。

無性に逢いたい

しげのいない現実を、毎日のように思い知らされる。日中は様々な手続きに追われ、娘が寝付くまでは目の前にあるやらなければいけないことをただ事務的にこなしていく。それが夜九時になると、一気に部屋の中は静けさが漂う。すると無性にしげに逢いたくなるのだ。今日、品川駅を歩きながらしげに似た人を見かけたからだろうか？　後ろ姿がそっくりで、思わず声をかけたくなった。

（そっか……もしかしたら、私の隣にはいないだけでどこかにいるかも……）

本当にその時はそう思った。

これまでも娘と二人だけで生活することはあった。出張で家を留守にすることもあったし、長期の入院生活もあった。同じはずなのに、同じでない。突然一家の大黒柱になった重圧感が私を襲うのだ。しげがこの世にいるか、いないか……その違いを大きく実感した。今頃気づいているんだから、自分が嫌になる。

付き合っている頃から、よく些細な事で口喧嘩をしていた。「暇さえあれば喧嘩をしている」としげはよく周りの人に言っていた。価値観や考え方の違いから、その時はお互い無言を貫き、別れる、離婚だとヒートアップすることもあった。これは私見だけれど、夫婦がいつも仲良く過ごすことは至難の業だと思っている。けれど逆に、しげ以外に今まで自分の感情を素直に出せる人、喧嘩ができるまでの人はいたのだろうかと考えた。親、友人、同僚……いなかった。唯一私にとっては喧嘩もできる相手がしげだと思った。夫婦の形はみな様々だけれど、私には大事な要素だったのかもしれない。

「俺は喧嘩したくはないけどね」

どこからか声が聞こえてきそうだが……。

静寂な空間に耐えられなくなり、何をしていいのかわからずとりあえずテレビをつけた。ドラマをやっていた。付き合いたての恋人同士の甘酸っぱいドキドキするシーンだった。初めて観たにも関わらず異常なほどに感情移入してしまい、気づくと滂沱の涙を流していた。もう抱きしめることも、ぬくもりも感じることはできない……。見続けることができず、テレビを消してすぐに布団に入った。けれど無理だった。またすぐに起き上がり、ティッシュを取りに行った。

（……よし、大丈夫。寝よう）

そう思い直し、トイレに寄ってから布団に戻ろうとしたが、気づけば遺影の前に座っていた。

（なんでもっと優しくできなかったのか、優しくできなかったから病気になったのか、あの時こうしていれば……）

次々と自責と後悔が止まらなかった。長いこと遺影の前にいた。だんだん、遺影の中のしげまでもが悲しんでいるように見えてきた。

（ごめんね……）

翌朝、瞼は重かったが涙は止まっていた。

長さじゃない

しげの三十一年の生涯のうち、私は彼の三分の一しか知らない。私と共有した時間より、息子や会社員として過ごした時間の長さの方が圧倒的に長い。だから時に、金婚式や銀婚式を迎える夫婦から、私達の夫婦としての時間を軽んじて見られる言動があった。とても切なかった。けれど死別を経験した先輩達は私にこう言ってくれた。

「長さじゃないのよ」

その言葉に気が楽になった。長さじゃないとすれば、何だったのか、それを考えてみた。私達はどこにいても、どんなことがあっても、一日の中に共有している時間が必ずあった。老後の楽しみを先取りしてしまったかもしれないと思うほど、よく一緒に出かけた。勿論良い日ばかりではないけれど、それでもしげに出逢ってからの約十一年が、私のこれまでの人生の中では一番輝いていた時期だったのではないかと思えた。そう思えるだけ、私はしげに愛されていたと思うし、それに……夫婦になれたこと自体、奇跡だと思う。「よっぽどの縁あっての私とあなた」という詩を見たことがあるが、本当にその通りだと思う。

大学の頃、しげはラクロス部に所属していた。四年になってからのチームは特に強く、試合のたびに応援にかけつけた。次々と勝ち進む試合を見ているのも楽しかったが、それ以上に選手一人ひとりの生き生きとした姿にとても魅了された。そしてチームメイトの中にいるしげの姿が、私はとても好きだった。部活のメンバーが、葬儀に駆けつけてくれた時、一人ひとりの表情を直視することはできなかったけれど、みんなの顔を久しぶりに見れたことと、駆けつけてくれたことが、とても嬉しかった。

部活の仲間の中で、しげがよく行動を共にしていた後輩I君と、M君がいる。しげは彼らをとても好いていた。もともと、しげのスマホからグループでつながっていたのがきっかけで、しげ亡き後に、三人でやり取りをするようになった。自分が経験していないこと、それについて相手の気持ちに寄り添うのはどんな時も難しい。だが死別の場合は、よりデリケートになる。だが、この二人は冷静かつ、気遣いができ、その中にもユーモアを忘れない。しげが生前、二人を好いていた理由がすぐにわかった。そして私には「二人」だったことも良かったのだと思う。

しげに会えない寂しさが募る日はこんな返答がきた。

「しげさんが、夢にでてきますように」

「しげさんが間違ってオレの夢に、出てきませんように……」

年下の彼らから学ぶことがいつもある。年齢と経験は必ずしも一致するものではないと教えてもらった。しげが残してくれた二人とのご縁にも、心から感謝している。

「しげの人生は幸せだった」。そう思うことにした。

仲間に恵まれ学生時代を過ごし、会社では沢山の上司や同僚にかわいがってもらい、父親にもなれたこと、そして沢山の人が葬儀に来てくれたこと……。私から見て彼の人生は羨ましいくらい幸せだ。私と結婚したことについてだけは、本人に聞いてみないとわからないけれど……、同じ思いだと信じたい。

私に力を与えてくれる場所

久しぶりに梅雨晴れの一日となった。やらなければいけないことも、ひと段落つき始めていた。今までなら、この天気を逃すまいと外にでたくなるのだが、そうならなかった。ひんやりとした部屋の中で時間がただ過ぎるのを待っていた。静かな空間の中で、心も落ち着かせたいのだけれど、思考だけが忙しく動いてしまう。

（生きていくためには……）

動かなければいけないことは頭ではわかっているのに、それができない。やらなきゃ、動かなきゃ、変わらなきゃ、という思いに心と身体がついていかなかった。

（そういえばしげも闘病中、リセット、リセットって何度も言っていたな～、こんな気持ちだったのかな。私は何もわかっていなかったな……）

家にいるとさらに無口になって、無口になればなるほど闇に深入りしてしまう。

（ダメだ、気分転換しよう。何が気分転換になるのだろうか？）

……わからなかった。買い物？　……物欲がない。美味しい食べ物？　……食欲もない。考えた末たどり着いた答えは、なぜか家から近い羽田空港に行くことだった。すぐに車を走らせ国際線の展望デッキに向かった。

しばらくぶりに広い空をみた。雲一つない快晴だった。ベンチに二人で腰を掛け、空に登っていく飛行機をじっと見ていた。気づけば温かいものが頬を伝っていた。そしてなぜだかわからないが、しげの入院中の出来事が突然頭をよぎった。病院の裏玄関の前まで私を見送りに来たしげ。私の後ろ姿が見えなくなるまで微動だにせず、じっと見つめられていた。手を振るわけでもなく、ただじっと……。

「ママ、ないてる」

「ママさ、パパにありがとうって全然言えなかった」

「じゃあ、ゆめでいえばいいよ♪」

私は三歳児に、また励まされている。娘の言葉と、飛行機の爆音、暖かな陽ざしがとても心地よかった。

空港での時間が、私の背中を次へと押してくれた。娘とディズニーランドに行こうと決めた。理由は一つ。娘の喜ぶ顔が見たいからである。約二年のしげの闘病中、出かける場所はいつも病院だった。そして今日まで娘に沢山助けてもらったお礼もしたかった。それが本当にディズニーランドでいいのか、一抹の不安はあったが、思い立ったのだ。

ディズニーランドに着くと、予感は的中した。至るところに、「普通」の家族が溢れている。パーク内を夫婦で手分けをしながら楽しむ家族の姿やカップルの姿を羨ましいと思った。ふとした時間にしげを思い出し、しげのいない現実が辛かった。けれど一方で、素敵な笑顔をみせてくれる園内のキャラクター達を見ていると、そのプラスの波動にもちあげられるのか、涙までは流さずに済んだ。自分の中にあった負の感情が、無になるのだ。そして娘の満面の笑みが私の頬を緩めてくれた。また来られるように頑張ろう、そう決意した。


「本当ディズニーランド、好きね〜」

「よくその状況でいけるわね〜」

心無い言葉を言われたこともあった。他の来場者と同様のディズニー好きの一人として扱われるならまだいい。異常な人とレッテルを貼られるまでの扱いをうける必要はあるのだろうか?と思った。反論する力はない。だから諦める。

(どうせあなたにはわかりませんよ)


一つ学んだことがあった。それは悲しみの中にいるときこそ、自然を感じられる場所、楽しさで溢れている場所に足を運ぶことも大事かもしれないという事だ。その場の雰囲気が、一瞬でも悲しみや辛さ、不安の感情を溶かしてくれるし、笑顔の人を見ると、素直にあたたかい気持ちになれるからだ。辛い時に同じ感情の人と共にいることも必要だが、正反対の感情を持つ人に触れることにも、力をもらえた。私にとっては両方必要だった。

四十九日法要

（ついに明日か……）

親戚が集まり子供たちがにぎわう部屋の中で、大人はそれぞれが何かに思いを馳せていたと思う。私の視線はというと、常に壁に向いていた。一時間、二時間と過ぎていく時計を見ては、心の中で明日までのカウントダウンをしていた。時を止めることもできなければ、明日の法事を中止にしたい、と言い出すこともできなかった。

告別式の日も何度も時計を見た。

（連れていかないで）

そう思った。しげが荼毘に付され、変わり果てた姿を確認した時、もうこれ以上の苦しみはないと思った。なぜ、火葬しなければいけないのか、土葬の方がよっぽどいい、そんなことまで思った。それでも、泣き崩れることもできず、みんなの前に平然を装い出ていかなければいけなかったあの時の感覚に近いものがあった。

（なぜ明日、納骨をしなければいけないのか……）

遺骨としてだけれど、それでも数週間、私と娘の傍にいてくれた。その遺骨までも奪われてしまうようで憎らしかった。

親戚が私にむけてくれる心配は、より大きくなって私には伝わる。だからせめて重苦しい雰囲気を出さないように夜まで無理な我慢を通し続けた。

ようやく娘と二人布団に入ると、限界だった。涙がとめどなく溢れてくる。心配そうに私の顔を覗き込む娘に、無意識のうちに素直な気持ちを出してしまった。

「ママはパパが大好きだったから、明日が悲しい」

「……パパはちょっとはなれているだけだよ」

娘と手をつないで目をつむった。だが娘が眠りについた後も、ずっとしげのことを考えていた。いつの間にか、窓のむこうから鳥の鳴き声が聞こえ始め、日の光が、カーテンから溢れていた。


気づけば、本心とは裏腹にお寺にいた。曖昧な空が私の心に寄り添ってくれているようだった。親戚のみなが広間に次々と集まり始める前に、一人お墓の前にいた。軽く墓石の周りを掃除して、花をたむけた。するとひまわりの頭花に雨雫が落ち始めた。ずっと抑えていた感情が一気に溢れ出した。泣きじゃくった。

（なんで墓誌にしげの名前が刻まれているのだろう）

（本当にこれが現実なのだろうか？）

どれくらいの時間だったかわからない。ずっと傘もささずに立ち尽くしていた。

……雨脚が強くなり、ふと我に返った。

（よし、大丈夫）

また仮面をかぶった。けれどこの時間のお陰だろう。みんなの前では気丈にふるまえた。それに再びみんなでお墓に手を合わせに行ったときも、骨壺を渡した時も涙は出なかった。

（また来るね）

傘があってよかった。誰にも私の本当の気持ちはわかるまい。そんな想いが心を満たした。

第二章　家族の形

娘の誕生日

（しげ、オリンピックが始まったよ）

四年前、明日出産の為入院するというのに、知人K君が活躍しているのを見ていたら寝られない。しげは私の妊婦姿をおさめようとビデオカメラを回しているが、時折テレビの中のK君へと向けられた。試合が終盤になると、しげはカメラを回す目的をすっかり忘れたらしい。二人で正座をしてK君を応援した。

その二日後に娘が生まれた。しげの喜び方は想像以上だった。しばらくはハートマークがいっぱいついたメールが送られてきた（私にではなく、娘に対してである）。私から見てもすでにバカ親になっていたのがわかった。今でも思い出すと笑みがこぼれる。

あれから四年……またオリンピックがやってきたのだ。日々練習に励む選手にとっては未来が当たり前に来ると思っている。私も当たり前に三人でオリンピックを観るものだと疑わなかった。濃い四年なのだけれど、私達にその日は来なかったのだ。今が夢なのか、今までが夢だったのか……たまにわからなくなる。けれど娘の誕生日を迎えるたびにこれからも思い出すだろう。しげのバカ親ぶりと、K君の活躍を……。

娘が生まれた時、転勤先の長野県に住んでいた。頼れる身内がいないので、二人で助け合いながら子育てをしていた。

「ちょっと見ててくれる？」

「熱高いけど、大丈夫かな」

「お願い！　仕事の帰りにゼリー買ってきて」

しげが生きていたら、きっと娘のことで、口喧嘩もしただろう。夫婦でも子育ての考え方の違いはあったし、お互いに受け入れ難いこともあった気がする。けれど唯一、どんなことがあっても娘を思う気持ちだけは、二人で同じ方向をむいていた。だからこそ余計に、辛い。子の成長を同じ目線で、一緒に祝える相手がいなくなってしまった。


しげが病気になってから誕生日を無事に迎えられることが、どんなに幸せで、当たり前でないことを知った。

〈○○（娘）が大きくなるまで生きられるかな。早くおじいちゃんになりたい。泣いたらスッキリした〉

闘病中、しげが交換ノートに書いた言葉だ。

しげの三十一歳（最後）の誕生日、ケーキを持って病院にむかった。こちらがケーキを用意していたともしらず、病室に入ると真っ先にこんなことを言われた。

「ケーキ買ってきて！」

珍しい主張だった。ロウソクを立ててお祝いをした。そして、十七日後に旅立った。あの時どんなことを考えていたのだろうと時折思いを馳せる。私にはしげの三十一歳の誕生日は「意地の誕生日」だったと今でも思っている。

夜娘と布団に入り、ハグをしながら寝る前の言葉を交わした。

「明日、お誕生日だね！　パパが夢に出てくるといいね」

「ありがとう。パパとたくさんはなしたら、ママのゆめにもでてきてねっていうね」

「……ありがとう」

パパのお陰で、いい子に育ってくれています。

祖父母に教わったこと

　私の父方の祖母は私が中一の時に亡くなった。祖母の記憶と言えば、私の中では先祖の供養を大事にする人だった。佐渡で離れて暮らす祖父母の家に遊びに行くのは、夏休みなどのまとまった休日になり、それは結局、お盆の時期やお彼岸になることが多いのだ。祖母は孫の私達にも必ず手伝いをさせた。仏具を磨き、仏壇の周りを掃除して、お花も、節目のときにはいつも豪華にする。仏様に供える団子作りや、きゅうりとなすで馬や牛をつくることは楽しかった記憶がある。それでも少しずつ大人になり、母が祖母の役割を担うようになってからは、毎度手伝わされることを面倒に感じる時もあった。それでもお盆の時期だけは、欠かさず準備をした。祖母から母へ、母から私へ繰り返されたその習わしを、今はありがたいと思えるようになれた。

　七月、東京は一足早くお盆の時期を迎える。初めてしげがあの世から帰ってくるのだ。白提灯に、お花、馬に牛……飾るうちに祭壇は賑やかになった。そんなに盛大にしなくてもしげが家を間違えないこともわかっていたけれど、しげの好物を並べてあげたくなるものだった。支度をしながら、なぜ祖母があれほど抜かりなく準備をしていたのかが少しわかった気がした。けれど一歩玄関を出ると東京の町は、ありきたりな日常だった。自分の家だけに別世界が広がっていて、取り残されているような気持ちもした。

約一カ月後、例年より少し早めに船にのり、娘を連れて佐渡に向かった。甲板にでると、潮の香りが色々な記憶を思い出させた。子供の頃の楽しかった思い出と、しげが毎年この時期を待ち望んでいたことが忘れられない。

(私はあと何回、祖父母の顔を見られるのだろうか)

そんなことが頭をよぎると、こみ上げてくるものがあった。


母方の祖父母の家に泊まりに行った。玄関を開け、居間にいくと、いつもの定位置に、祖父母が座っていた。家を長く空けるときは、しげの遺影も一緒に連れていく。そして仏壇のところに遺影を置くのだ。

(一人で留守をさせるよりも、ここにいた方が美味しいごはんを供えてもらえるからね)

そんな思いだった。

祖母がいつもと違う仏壇の様子に気づき私にこう話しかけた。

「いくつで亡くなったんだ?」

「癌で死んだのか……切ないな~」

「この子はお父さんのことを覚えているんか」

私が泣く前に祖母が泣いていた。

（ばあちゃん、なんで私のことも誰だかわからなくなってしまったのに、泣くのだろう……）

そう思うと余計に泣けてきた。祖母の涙を初めて見た。沢山の死別を経験してきたのだと悟った。長生きだっていいことばかりじゃない。祖母は九十四になるけれど、まだ夫である祖父が隣にいる。それでも長く生きた分だけ、死別の悲しみをわかってくれたのだろうと思った。戦争も経験してきた世代である。祖父も戦争で命の危機にあったらしい。一切戦争のことは口にしなかったが、もしかしたら若くして伴侶を亡くす人も見てきたのかもしれない。これは私の勝手な想像だけれど、それ以上祖母に尋ねることはしなかった。

八月十四日の夜は、父方の祖父の家にいた。夜十時すぎだったと思う。従妹を乗せた船が到着すると寝床についていたはずの祖父が起きてきた。そして、どういうわけか居間には一瞬だけ祖父と孫四人だけの時間があった（祖父の孫は四人だけである）。その部屋には仏壇があり、長押《なげし》には先祖の遺影が並んでいる。祖父は、何故だかわからないが突然自分の人生を話しはじめたのだ。

「僕の人生は幸せで、大吉の吉、まさに名前の通りだった」

祖父の名前は「幸吉」という。私は祖父の話を聞きながら、しげには聞けなかったことを質問してしまった。

「じいちゃん、やり残したことないの？　旅行したいとか、会いたい人がいるとか？」

祖父は即答で首を横にふった。そして従妹に、仏壇の近くにしまい込んであった封筒をとるように言ったのだ。咄嗟に頭をよぎった嫌な予感が的中した。祖父の遺影だった。

「写真がないと、僕が死んだあとみんなが困るから」

写真の中の祖父は笑みを浮かべ、とてもいい顔をしていた。その表情が余計に全てを受け入れ死を待っているようで祖父へ問いたことを悔いた。祖父の座っていた場所も悪かった。いつもの定位置ではなかったのだ。手をあげれば、用意された遺影がそのまま長押に置かれてしまうようで胸がしめつけられた。

それから佐渡を後にするまで、祖父とよく話をした。祖母が亡くなってから生きる意味を見失ったこと、再婚話（相手はいないが）を子供にどう思うか尋ねたこと、空き家の多くなった佐渡の街並みのこと、日本という国のこと、一人で暮らし続けたこと……どれも祖父の中でたどり着いた答えのようだった。約十七年一人で暮らしてきて、色々なことを考えたのだと思う。家族はデイサービスや訪問食卓を利用することを勧めたが、あれは老人の行くところ、することだと言って好まなかった。だから三度の食事の準備から洗濯、健康管理まで全て一人でこなしている。自分にはできるのだろうかと自問自答すると、自然と祖父への尊敬が芽生えた。祖父はこの夏の最後に、私にこうエールをくれた。

「過去には戻れない」

「前を向いているしかない」

十八歳で戦争に向かい、死別を経験し九十二歳になった祖父。言葉の重みが違った。しげが闘病中、よくこんなことを言っていたのを思い出した。

「じいちゃんに会うとパワーをもらうんだよね」

私も同じ思いにようやくなれた。


もう一つ佐渡に来てよかったことがあった。それは島中が「お盆」という光景を見られたことだ。朝市に行って必要なものの買い出しをする。十三日の夕方になれば、各家の玄関先で迎え火をしている。親戚や友人がお互いの家を訪問し、亡き人に手を合わせ、遺族の悲しみに寄り添う。死人のいない家はない、みな故人の帰りを待っている、悲しみの中にいるのは私だけじゃない、心からそう思えた。

私にしかできない事

しげの病がわかってから沢山の本を読み漁り、様々な治療法を試した。だが、どの療法に挑んでも、病が大きく好転することはなかった（今は治療のおかげで進行が遅くなったと信じることにしている）。徐々に、しげの医師を見る目は鋭くなり、治療内容や医師までをも「インチキ臭い」と言うことがあった。

それでも日々多くの医師に出逢い、その時の最善を尽くしてもらっていた……はずなのに大切な家族を亡くすと一時的に医師を受け入れられなくなった。

「なぜ救えなかったのか」

「あの判断が間違っていたのではないだろうか」と医師を責めた。けれど、次第にその思いが自分と重なることに気づいたのだ。

「なぜもっと早く……」

「あの時、こうしていれば……」

大事な人を亡くし、自責の念に苛まれ、猛省しているのだ。人は失敗からしか学ばない、医師も神様ではなく人なのだと思い直していた。すると、医者という職業を通してではなく、人として私達によく接してくれた医師に会いたくなった。私の中では数名しかいない。

そのうちの一人、温熱施療師のT先生を訪ねた。

そしてついでに温熱施療を施してもらった。全身に熱が入ると、必要以上に入りすぎた力とその累積によって固まった身体中のコリが大粒の汗に変わり抜けていくのがわかった。私にのしかかる、大黒柱、母、娘、嫁などのすべての肩書きが取り払われ、ただの人に戻れた気がした。ただただ、気持ち良かった。そして施療院を後にする時、T先生からこんな言葉をかけられた。

「この大きな経験を活かしてほしい」

ハッとした。私は一番大事なことを忘れていたのだ。しげのいない日々を嘆き悲しみ、自分を「普通」に戻すことにエネルギーを使っていた。だがどんなにもがいても、戻りきれない私がいた。そのことに気が付かず、自分に苛立ち、自分はどうなってしまったのかとまた孤独という殻にこもる毎日を送っていたのだ。

私は結婚を機に仕事を辞めた。約三〇〇キロ離れたしげとの遠距離生活に終わりがきたのだ。そして、しげの仕事に一緒についていく人生を自分で選んだのだ。新婚のときは東京在住だった。学生時代の友達や親戚も近くにいたのでそれほど気にならずに楽しく過ごしていた気がする。だが一年も経たないうちに長野への転勤が決まった。そして娘を授かった。見知らぬ土地に加え、娘が生まれるとより一層私の中で自由がきかなくなった。たぶんあの時からだと思う。

（どうせ、何か始めてもまた転勤あるし……）

自分で色々なことを諦めていたのだ。これが大きな間違いだった。しげだって、会社に足が向かない日もあったと思う。けれど家族のために働いてくれた。そう毎日思えればよかったのだけど、あの頃はしげが自由に見えた。どこにいても、誰といても、夫婦であっても、自分のやりたいを持たないといけなかったのだ。未熟だった。

ふと、原稿を書きながら懐かしい日のメールを思い出した。社会人一年目同士、なかなか会えずにいる日々に届いたメールだったと思う。

「あづみにも、未来の俺らの子供にも可能な限り、やりたいことをさせてあげたい。さぁ、今日も一日頑張るぞー！」

（嬉しかったな〜）

私のやりたいこと……何なのだろうか。自分と向き合おう。

お墓参り

朝晩は半袖一枚で過ごすには少しためらうような時期になってきた。「暑さ寒さも彼岸まで」とは本当にその通りだ。今朝は半袖の上に、カーディガンを重ねて二人でお墓に向かった。月命日に行くお墓参りと違い、すでに沢山の自転車や車が駐車場に並んでいた。今日は秋のお彼岸の入り日である。

しげの病を長野の病院で告げられた時から、なるべくどの病院に行くときも、あえて車を使うようにしていた。帰り道のことを想定していたからだ。病院で聞いた話を車の中でなら他人に気を遣うことなく話せるからである。この時も故意に車で上京していた。都内の病院までセカンドオピニオンを求めたのだ。病院では長い待ち時間を要したが、最終的には長野で治療を進めていくことを家族みんなで決めた。そして、長野に戻ることになった。昼過ぎ、しげの実家を出発し、高速道路に乗り始めた。少し時間が経つと、娘は後部座席のチャイルドシートの上で寝てしまった。するとしげが急にこんなことを話し始めた。それは「しげ亡き後」の話だった。

思いがけない話に、私は反射的にしげの方に顔を向けた。しげは動じることなく真っすぐ前を見て運転している。その凛とした佇まいに私は視線を戻し、しげの話に耳を傾けていた。涙も拭わず、ただじっと前を見ていた。そして言葉を選ぶように、間を置いて、すこしだけ剽軽に最後のお願いをした。

「……いつも来てなんて言わないよ、○○（娘）が入学卒業した時とか～、結婚する時とか？　たま～に、たま～～～にでいいからお墓参りをしてほしい」

正直どんな願いなのだろうかと構えていただけに拍子抜けしてしまい、思わず首を横にふってしまった。まぶしすぎるほどの日差しで、しげの顔が輝いていた。視線は合わない。涙が渇き、私なりにしげの熱意に対等に応える言葉を選んだ。

「……しげは私が佐渡でお盆の準備やお墓参りをする姿を見てきて、私が何もしないと思う？」

「……そっか……」

ようやくお互いの目が一瞬合った。ハンドルを握りながら安堵したしげの表情が未だに忘れられない。

しげは死が怖かったのだと思う。でもそれ以上に、自分の死後誰もお墓参りに来てくれないことがもっと怖かったのかもしれない。私はそう感じた。そしてお墓参りは何のためにするのか、考えさせられた。会ったことのない先祖のお墓参りは、子供の頃の私には義務のようなものだった。けれど、今はそう私に習慣づけてくれた祖父母や両親に感謝をしている。自分がお墓参りをすれば、娘がその姿を見ていてくれる。そして自分が亡き後も誰かがお墓参りをしてくれると信じて死ぬことは、誰もが自然と感じる死への恐怖を和らげてくれることにもなるのだと思った。これからたとえ、家とお墓の場所が遠くなっても、祥月命日、お盆、春秋のお彼岸の年四回のお墓参りを私は必ずするだろう。いつの日かお墓参りは私と娘だけになるかもしれない。それも仕方のないことだ。

「パパは、ふたりがおはかまいりをしてくれれば、じゅうぶんとおもっているよ」

娘はそう言う。この子は何歳なのだろうかとたまに思う。

もう一つ、祖母からの大事な教えを思い出した。

「お墓参りは夕方に行くものではない」

私は何度も自分で体感した。朝の光に勇気づけられることがある。自分のためにするのだ、お墓参りを。

モノより思い出

休みの日の夕方、娘と車で日用品の買い物に出かけた。もうすぐ目的地につくころ娘が急に大泣きした。「どうしたの？」と声をかけたが泣いた理由を娘は話したがらなかった。

買い物を済ませ家に戻ってしばらくしてからこんなやりとりをした。

「さっきは急に悲しくなっちゃったの？」

「……みんながいっぱいきたでしょ？　そのときおはなをいれるときね。それをおもいだしてかなしくなったの。もしパパがいたら、パパにだっこして、かたぐるましてもらえるのにな～って」

この間まで娘に聞かれることは「パパはいつ戻ってくるの？」だった。それが娘の中で、棺の中にお花を入れ、しげにさよならした、あの情景を思い出すと「パパは死んだんだ」「帰ってこない」ということを理解し始めたのかもしれない。

私にも、しげがこの世から旅立ったという事実を実感させられる情景がある。まだどこかで生きているのではないかと錯覚に陥りそうになる時も、しげが荼毘に付された後の、あの情景を思い出すと、もう二度とぬくもりを感じられないのだと実感する。匂いも、背の高さも、手の感触も頭の中では思い出せるのに、あの強烈な情景が蘇ると、もう五感でしげを感じる事はできないのだと、その事実を突きつけられるような気持ちになる。

しげの使っていたものを見ては、もう使うことのない悲しみに気持ちが沈む日もある。それを私より早く死別を経験した方に素直に話した。するとこう返答された。

「モノの中に彼はいない。モノの中にいると思うのは執着にすぎない」

私は固まってしまった。「執着」という言葉に違和感を覚えたからだ。大切な人のモノを大事に思うことが執着とはどういうことなのか、その言葉を聞いてから数日、頭と心がバラバラだった。するとこんな時に、またしてもしげの言葉が聞こえてくるのだ。

「ほんと、君はごみ収集車のようだね」

私はしげの使わなくなったモノ、着れなくなったモノは容赦なく処分した。転勤族ということも頭の片隅にあったと思う。いつも身軽にしておかなければ、引っ越しの際に大変な思いをするのは私なのだ。そう思って過ごしてきたのに、しげがこの世から姿を消した途端、しげに関わる全てのモノが手放せなくなったのだ。冷静に考えると完全に執着である。目を閉じてそのモノの奥にある記憶を思い起こしてみた。どういうやり取りをして購入したのか、どんな使い方をしていたかを考えてみた。すると、そのモノより思い出の方がよっぽど懐かしく、いとおしいかった。その尊い思い出は、「カタチ」としては何も残っていないが、いつでも鮮明に思い出せた。

しげの棺の中に私達家族の写真を一枚だけ入れた。しげがあちらの世界で寂しくないように一番新しい写真を選んだ。これまでの写真を全て持たせることも、私目線で厳選した数枚を持たせるのもどこか違う気がした。素直に理解するのはなかなか難しいけれど、結局のところ「モノ」は「モノ」でしかないのだ。「モノ」を通して蘇る「記憶」こそが何にも代えがたい財産で、それは私の頭の中の引き出しをそっと開ければ驚くほど新鮮なまま蘇ってくる。大事だからこそ形に遺したい思いもあった。けれど真に大切な思い出は形にしなくても常に心の中で生き続ける。しげにまた大切なことを教わった。

これからの人生、娘と共に、もっともっと忘れられない思い出をつくっていきたい。時にはしげとの思い出の入った引き出しを開き、懐かしみながら……。

結婚記念日

しげ元気ですか？　今日が何の日だか覚えていますか？　今日は六年前と同じく、いいお天気です。あの日、朝早く起きて着付けをしてもらい赤い橋が架かったお庭で写真を沢山撮ってもらったね。写真を見返すと、お互いとてもいい顔をしていたな、と幸せな時間が思い出されます。今朝は自ずとお墓に足が向かいました。そして、目を閉じて手を合わせると幸せに満ち溢れた記憶と今の辛い現実がごちゃまぜになって、あの日のように笑顔でいることができません。両親への感謝を手紙にしたためたひと時のように、今日はしげへの感謝で涙が溢れて止まりません。

あの日、みんなの前でお互いの一生を誓った。恋人同士の不安定な関係では満足できず、ずっと一緒にいられるように結婚した。五年半の付き合いのゴールが結婚で、結婚のゴールが「死が二人を分かつ時」だということは、考えが及ばなかった気がする。今頃気づく自分が嫌になる。

数回しかなかった結婚記念日だったけれど、それでも毎年がどんな日だったかはちゃんと覚えている。しげはいつもお花をくれた。大きな花束ではないけれど、私には気持ちが十分に伝わってくるプレゼントだった。私は食べ物でお返しすることしかできなかったけれど、しげの好きな料理をふるまった。同じ食卓でしげが美味しそうに食べる顔をみるのが好きだった。

(今年からは一人か……)

何年経っても、何十年経っても、この日はお互いに若き頃の純粋な気持ちを思い返せる日だと思う。けれど今はその気持ちが余計に、会いたくて、会いたくて、触れたいのに、叶わない。私はもうあの頃のように心から笑えることなどできないのではないかと、今は思っている。

お昼の報道番組をテレビでみていて、考えたことがあった。ある方が、かつてのパートナーの死に憔悴していたのだ。どんな事情が二人の間にあったかはわからないが共にすごした月日があれば、沈痛な面持ちになるのだなと思った。夫婦に限らず恋人でも同じかもしれない。幸せな時間の分だけ、死別の悲しみは大きいものだろう。そう思うと、私が今深い悲しみに暮れるのは普通のことかもしれない……そう思えた。でもあまりに悲しみに暮れ続けていると、どこからかこんな声も聞こえてくる。

「ねぇ、俺だいぶ美化されてない?」

私ははっきり自分で覚えていないのだが、告別式の最後にこんなことを言ったらしい。

後からあの言葉を聞けたことが良かったと参列者に言われた。後にも先にも、メモもなく、マイクを前に自分の素直な思いを話したのはあれが初めてである。無意識に、咄嗟にでてきた言葉だったたと思う。だから今日も言わせてね。

「結婚してくれて、ありがとう」

一本の電話

これは正確に書いておきたい。十一月十六日水曜日、午後四時二十八分、着信が鳴った。

「外来の日でしたけれど、どうされましたか……」

(これか……)

ようやく今日一日、ずっと頭が痛かった理由が納得できた。電話でやりとりをしながら鞄からハンカチを出した。


「やっぱ俺子供ほしい。どう思う?」

闘病中、次の新しい治療を始める前に、しげから突然こんなメールがきた。もちろん私は嬉しかった。結婚当初、最低三人は子供が欲しいね、と話していただけに、きっとしげも気になっていたのだと思う。そして私達は、治療が始まる前に、その病院を受診し、私達の新しい家族を増やす為の「準備」を、予めしておくことを決めたのだ。

しげが亡くなってすぐ、諸手続きに追われ、漏れのないように抜かりなくこなしてきた。そしてこの病院へも、しげが亡くなったという連絡をしなければいけないことはわかっていた。わかっていたけど……できなかったのだ。だから見て見ぬふりをした。またしげの生きた証が、取られてしまう、奪われてしまう、そんな思いだった。

結婚、妊娠、子育て、マイホーム、昇進……、周りの同世代は、次々と幸せの絶頂期を迎えている。勿論かつての私も、そちらの仲間にいたのだけれど外れてしまった。これが若くしてパートナーを亡くす一番の辛さであると私は思っている。だがどんなに辛くても、生きていく、生活していかなければいけない。そのがむしゃらさが現れてしまうのだろうか。「うちも大変だけど、あのウチよりは良い」と言葉の端々から必要以上の同情や憐憫の目を向けられることもあった。時にそれが自分をより苦しめることもあるけれど、その一方で、「少し違うな」という違和感もあった。しげと一緒に生活できないこと、これから先の時間を一緒に過ごせないことは、言葉ではあらわしきれないほどの虚無感がある。すごく、すごく寂しいし、悲しい。けれどしげがいない今もしげを大事に思い、しげに感謝しながら私と娘は生活しているのだ。決して「お父さん」をのけ者にするような会話にはならない。娘が居てくれたから私は頑張れているし、娘が居てくれるから救われることも、笑うことも沢山あるのだ。それに私達にはしげに十分に愛してもらった幸せな思い出がありすぎる。強がりかもしれないが、「苦労」なんて言葉を使えばバチがあたるような気さえするのだ。それに私の悲しみは、歳を重ねていけば、少しずつ共有してくれる仲間が増えていくから……、今はただ、我慢、忍耐の時期というだけなのかもしれない。

沢山の方に助けてもらいながら生活していると、至るところにご縁を感じる。その中で私が心地よく感じるのが、六十代〜八十代の人達である。私と同じ経験をした人もそうでない人も、人生の大先輩として優しく寄り添ってくれる。

特に八百屋のM代さんに出逢えたことは、私に多くの学びをくれている。M代さんの言動が私にこれからの人生を生きやすくしてくれる知恵を教えてくれている。辛いことがあると、M代さんの声が聞きたくなるし、会いたくなる。いつもわかってくれていると感じる。私が寂しさを感じる季節は、荷物やメッセージカードが届いた。そしてこんな時はね、と仏前に大きな胡蝶蘭を贈ってきてくれたこともあった。私がやりたいと口にしたことはいつも寄り添い、応援してくれる。

人は悲しみが大きい分だけ、誰かを幸せにできる、力になれることがあるのかもしれないとM代さんをみて感じる。逆に優しい人に出逢うと、きっと沢山の悲しみや苦しみを経験した人なのかもしれないと思えるようになった。八百屋にいると、いつも話は続かない。

「M代さん、いる〜?」

いつも誰かがM代さんを呼んでいる。M代さんのような歳の重ね方をしたい。

「あづみちゃん！　私と同じこと言ってる！　……私が若返ったのかな?」

私も人生の大先輩に少しはパワーをあげられているのかな。M代さん、いつもありがとう。

半年目の月命日

（まだ朝じゃない…）

その日は何度も寝返りをしては、枕元においた携帯電話で時間を確認していた。だから病院から心肺停止だと連絡がきた時も、ようやく朝をつげる時計のアラームかと思いワンコールで出た覚えがある。

五月二十六日、六時十五分頃だった。

今思い返しても、あの晩はとても長く、寝苦しくしげが私に何か訴えていたようだった。そして亡くなった日から今日まで不思議なのだが、五時五十六分、五十八分くらいに時計をよく見るようになった。

何度も続くと、なぜだろうかと心の片隅に強く意識するのだ。そして半年目の月命日でその意味がようやく分かった気がした。

（もしかしたら息を引き取ったのは、六時前じゃないだろうか？）

翌朝、夢にしげが出てきた。目を覚ますと、右手が高くあげられていた。右手が強く握られていて重たい感覚があった。

（……？）

この日を境に朝六時前に目覚めることなく、よく眠れるようになった。

「ようやく気付いてくれたね」
しげにそう言われているようだった。

しげの死は私の五感を鋭くした。霊感でもないけれど、しげの思いを読み取れてしまう時があるからだ。私を慰め、役立つこともあるけれど、たまに邪魔に思うこともある。上から目線の見方や考え方を押し付けてくる人、自己中心的なふるまいをする人の心を、勝手に深読みして自分の心をひどく傷つけてしまうのだ。相手は相手なりに言い分がある。もちろんそれでいいはずなのだが、私にはそれを素直に受け入れるほどの余裕が全くなかった。でも逆に、誰が私を心から応援してくれているのかもわかった。そして私が助けてもらいたいときに、何も言わずにそっと力を貸してくれる。人が頑張れるときというのは、長い言葉よりも短い言動なのだと思った。横目に娘の寝顔を見ながら、子育ても同じだろうかと考えた。

私の子供時代を思い返すと「先生」に恵まれていたと思えた。文句の一つや二つ言いたい先生もいるけれど、それでも会いたいと思える先生がいる。特に小学校の時にお世話になったO井先生と、部活のY月先生は、いつも背中を押してくれる存在だった。

O井先生は小学五・六年の担任の先生だった。卒業してからも、一年に一度の年賀状のやり取りをこれまでずっと続けていた。そのやり取りがしげとの死別を報告するきっかけにもなった。

Y月先生は小学校の部活の顧問である。卒業後は何度かお会いすることはあったが、特別つながりを続けていたわけではない。それなのにしげが闘病中、実家に帰省した際たまたま立ち寄ったコンビニで偶然お会いしたのだ。先生の顔を見たら、気が緩んだ。堪えきれない感情が目頭を熱くし、自ずとしげの病を話していた。

小学生の時も、二人の先生はいつも私を認めてくれた。勿論悪いことをすれば、叱る。けれど絶対に手を出すことはなかったし（当たり前だが）、悪いことの軸がブレのない先生だった。

「あなただからできる」

「あなたならできる」

先生達の言葉が、小学生の私を、本当にやればできそうな気にしてくれた。そして今でも変わらず、同じ言葉を投げかけ続けてくれている。

O井先生は、私の悩みに耳を貸して下さり、最後は決まって「あなたならできる（大丈夫）」といつも背中を押してくれる。

Y月先生は、一人で子育てをしていくことに不安を感じていた私に、

「一人だから悪いわけではない、立派に子育てをしている親御さんは沢山いる。あなたな

らできる」そう言ってくれた。

小学生で先生達に出逢えたことは、私の人生を豊かにしてくれたと思っている。

先生達とのやりとりは一人親という孤独の中の私にこれからどんな子育てをしていきたいのかを考えるチャンスをくれた。親として存在する限り子育てに終わりはなく、親の生き方が子育てなのかもしれない。だが私の核は定まりつつある。一つあげるとすれば成績優秀な子に育てることだけが「子育て」ではない。しげの命を通じて沢山の人をみて学んだ。そして二人の先生のような親でいることができれば、私と娘の関係がこの後も良好なことだけはわかる。つい我が子だという意識が邪魔をして口数が多くなってしまう。反省の日々である。O井先生、Y月先生ありがとうございます。

年末年始

子供の頃、十二月が来ると心が弾んだ。クリスマスに、お正月、大勢で食べる食事が楽しみだった。しげと結婚してからも、それは同じだった。大勢の親戚の中にいても一家庭として家族を感じられた時間だった。けれど今年は違った。ある程度は、頭の中で想定したけれど、想像以上に辛かった。それでも一応、みなの心配がわかるだけに周りに迷惑をかけないよう自分の感情を押し殺し、元気そうな自分を取り繕った。完全に大勢の中の孤独だった。知らない人の中の孤独の方がまだいいかもしれない。全てをわかっているようで、わかってもらえない孤独ほど辛いものはないと思った。だから毎晩、布団に入ると、涙の出ない日はなかった。

（どうしてしげはいないのだろうか……）

しげのいない生活にようやく慣れ出していたのに、二人で前向きに暮らそうとしてたのに……また一から振り出しに戻されたような気持ちだった。新しい年を迎え自宅に戻ると、落ち着けた。

けれど一方で、私の心を見抜いていた人もいた。あえてクリスマスの日に荷物を送ってくれた人、長野から野菜やお米などを詰めて送って下さった知り合い、年末の帰省に合わせ手を合わせてくれたしげの友人、そういう人がいてくれたことだけが、この十二月嬉しかった出来事だった。

新しい年が始まり、日常生活を取り戻し始めたころ、電話で私の父と娘のこんなやり取りがあった。

「○○（娘）、また遊びにおいでね。△△（甥）は一人でじいじの家に来れるけど、○○（娘）はどうかな？」

「……わたしはいけない。△△はパパがいるから、ひとりでいっても△△のママはひとりにならないけど、わたしはパパがいないから、わたしがいくとママがひとりになっちゃうもん」

電話の向こうでも、次の言葉が出てこないのがわかった。誰が教えたわけでもない。この子のために、生きよう。父親がいないことを感じさせないくらい幸せにしてあげたい。そう心に誓う新年だった。

娘よ、いつもありがとう。

何年か経てばこの状況も慣れる時が来るだろう。いつか又帰れる家がある事に心からありがたいと思えるようになりたい。

きっと意味がある

（もう春がきたのだな～）

　そろそろ重い腰をあげ、衣替えをしなければいけないと感じ始めた十カ月目の月命日だった。娘を連れ公園に出かけても以前より周りの家族をみても嫉妬心がないことに気づいた。私自身が一番、外面と内面が揃っていないことをわかり始めたからだ。普通に見える家族の中にも空元気に過ごすしかない人もいるだろうし、傍から見れば仲が良さそうに見える夫婦や親子でも本当のところは何もわからない。そう思うと、私と娘の関係は以前よりずっと良好で、私の中でも幸せの軸が定まり始めた。


　心が軽くなり始めた矢先、父方の祖父が亡くなった。享年九十二歳だった。祖父は祖母が亡くなって十八年、一人で暮らし続けた。入院や介護を必要とせず亡くなる日の昼飯まで自分で用意して、大好きなお酒を飲んでいた。それだけに誰もが予期しなかった最期だった。

　祖父は、祖母が亡くなった時、こんなことを言っていた。

「（祖母は）俺に世話になったとか、ありがとうとか、そういう言葉なく死んだ」

　祖父も相当のショックだったと察する。だから、祖父の最期はこういう言葉を誰かに残すものだろうと私は勝手に思っていた。でもその時間すら、きっと無かったのだ。今となっては、夏の祖父の言葉がお礼のあいさつだと思っている。祖父を心から尊敬している。

（じいちゃん、やっとばあちゃんに逢えたね。良かったね）


一カ月後、母方の祖母も亡くなった。享年九十五歳だった。もう九十を過ぎると何があってもおかしくないと本人も周りも腹をくくるのだけれど祖母は違った。亡くなる直前まで「まだ死にたくありましぇーん」とよく口にしていたらしい。それでも祖母の死もあっけなかったと思っている。

祖母は、戦後女性が働き、核家族で生きる先駆けだった。今でこそ女性の社会進出が当たり前になりつつあるが、祖母の時代は容易なことではなかったはずだ。きっと娘である叔母や母は寂しい思いも沢山しただろう。

祖母はいつも言う口癖があった。

「困ったことがあったら言ってよこせや〜」

そしてその言葉通り、助けてくれる存在だった。きっと祖母は良く働いたのだ。そして私の母もよく働く。そのお陰か、私も働くことをさほど苦に感じていない。とてもありがたいことだと思っている。私もいつか孫までも助けられるような祖母になりたいと思っている。

（ばあちゃん、長い間お疲れさまでした）

あまりにも不意の悲しみだった。死というものがより身近に感じた。だがこういう時も悲しみを抱きしめて分かち合う相手がいないことは堪えた。そしてこれから先も一人でこういう場面を乗り越えていかなければいけないのだと想像するだけで息が詰まりそうになる。何十年後、子供たちが巣立ち、また夫婦二人だけの生活を描いていた。しげが居てくれたら二人で祖父母の墓参りに一緒に行けたはずである。というより、しげは佐渡が大好きだったから絶対に行っただろう。それがわかるから余計に辛く寂しい。祖父母の出棺の日の朝、やはりあの時間に目が覚めた。不思議だった。

祖父が毎日に身に着けていた腕時計や、祖母が使っていた洋服も、二人がいなくなってしまった瞬間、モノになっていた。きっとそれぞれ二人なりの思い入れがあったはずだ。けれど、その由縁を遺された人は、想像で考えるだけで本当のところはわからない。自分もいつかそうなる。それで良いのだと思う。けれど、改めてモノに故人はいないと思った。私の手元に祖父母の形見は何もない。けれど、心と頭の中には、祖父母が与えてくれた愛情と時間だけが良い思い出になって残っている。こんな短期間に三度の葬儀を経験した私。きっとこれも、私には何か意味のあることだと……思うようにする。

一周忌

五月に入ると、友人や会社の人達がわざわざしげのお墓参りをしてくださった。祥月命日を忘れずにいて下さること、そして大事な各々の時間を、わざわざ手を合わせに出向いてくださったこと、それが嬉しかった。

一周忌法要は五月十三日、土曜日に執り行うことを半年前に決めていた。十三日の土曜日は、私達の結婚式の日と同じである。あえてその日を選んだわけではなく導かれたかのようにその日に決まった。

一周忌に参列して下さるのは子供も含め、約四十名だった。法要を滞りなく終わらせるにはそれなりの準備が必要な人数である。嫁、娘、姪、叔母、母などパートナーの死が早い分だけ私が振る舞う役回りは多い。孤独な立場と気持ちに蓋をしてお寺や、食事、返礼品の手配を進めていた。

その最中に二人の祖父母の訃報が届いたのだ。母方の祖母の訃報を聞いたのは、しげの一周忌の五日前だった。祖母の眠る佐渡へ向かい、全ての葬儀に参列した。悲しみの余韻に浸かる間もなく慌てるように自宅に戻った。だからしげの法要を終えた時には無事に済んだことへの安堵の気持ちが大きかった。まさに心身ともに疲労困憊で数日は立ち上がれない程だった。けれど、その疲弊を癒してくれたのは、香りだった。しげの同僚や知人たちから届いた白檀のお線香と仏壇の脇に飾られたユリの芳醇な香りが、私の心を少しずつ落ち着かせてくれた。ようやく涙を流せる日がきた。

この一年、涙を流さない日はあったのだろうか。どんな姿でも、ただ生きていてくれればそれだけで良かったのにと何度も考えた。病院に駆け付けたあの朝、私の第一声は怒っていた。

「しげ、まだ○○（娘）に言いたいことあるんじゃなかったの？」

どうして最期くらい「お疲れさま」の一言が言えなかったのだろうか……。祥月命日の朝、お墓に向かう道中を運転しながら、そんなことを考えていたら目頭が熱くなった。一年前、娘をパジャマ姿のまま車に乗せ病院まで向かった同じくらいの時間帯だった。動揺と焦る気持ちが、赤信号のたび押さえつけられた。そしてやけに冷静なもう一人の私がいたのを思い出した。お墓に着くと、涙は完全に止まっていた。「ここにしげはいない」そう思った。

娘は何を思ったのか、般若心経を唱えたいと言い出した。心当たりがあるとすれば、叔母が毎朝唱えている姿を昨年の夏にみたことだろう。ひとまず本屋に行き、フリガナのふってあるものを買い求めた。その夜から二人、しげの前で唱え始めた。

「一番悲しいのはパパだよね」

これが最近の私達の合言葉である。遺された側はもっと生きていてほしかったと思ってしまう。けれど、故人は「もっともっと」生きたかったと思う。故人が悲しむ生き方をしないように、亡き人の分まで生きるとはこういうことなのだろうか……。

第三章　長野へ

甥の誕生

祥月命日のお墓参りが済んだら、長野に行こうと前々から決めていた。ホテルに到着して部屋の窓から山にかかった夕日が見えた。まぶしいくらいの西日が身体中を温めてくれる。そして雲のゆったりとした動きが、慌ただしい日々の流れを落ち着かせてくれた。身体中が癒されていくのを感じた。誰かにお帰りと言われているような気持ちさえした。無になる時間があると、たいてい次にしげのことが頭に浮かぶ。

（一年前の今頃、誰もいない斎場でじっとしげの顔を眺めていたな〜）

あの時も穏やかな時間が流れていた。沢山の思い出の品に囲まれて眠るしげの横で誰にも邪魔されずに、二人だけの時間を過ごした。何を話したわけでもないが、ただじっとしげの顔をみていた。

翌朝、騒がしく携帯が鳴った。またあの時間だった。こんなに朝早く、何事かとうるさく思った。甥が生まれたのだ。驚いた。予定日より一カ月以上早く生まれてきたのだ。誰もが想定外の出来事に驚き、私の手を必要としている電話だった。電話を切った後、涙が一粒だけ落ちた。

甥を授かったと聞いた時、正直素直に喜べなかった。その理由は簡単だ。嫉妬である。

嫉妬よりももっとひどいものだったかもしれない。

（なんで今なの……）

私達が強く望んでいた子宝を、目の前で見せつけられているような気持ちだった。悲しいことが続いていただけに新しい命の誕生を、みなが楽しみに待つ様子もわかっていた。その中で一人だけ気持ちが置いてけぼりで、自分の感情を押し殺すしかなかった。けれど、一年前の今日、しげの肉体とさよならした日に、甥がわざわざこの日を選んで生まれてきたようにも思えた。新しく生まれてくる命を素直に喜べなかった自分が未熟で、恥ずかしくなった。きっと、しげがまた教えてくれたんだと思った。

「妬んではいけないよ」と。

生まれて一カ月後に退院した甥を抱いたとき、とても愛おしく感じた。沢山の管で繋がれていた未熟児の子がすくすく成長し、自力で息をして生きていることが感慨深かった。甥がしげの生まれ変わりだとは思っていない。全く似ていない。けれど、何も感じずにはいられない日だった。

私と同じように大切な人を亡くした人が教えてくれた。

「亡き人は自分を思い出してくれるような縁をはこんでくるのよ」と。本当にそうなのかもしれない。

誕生日

私達は同い年の夫婦だった。しげの方が数カ月だけ先に誕生日を迎える。毎年しげの誕生日がくると、

「今日から、あなたはしばらく年上ですからね？　頼りにしています」

「……年上のいうことは聞くように」と幼稚な会話をした。

去年は、しげが意地の三十一歳を祝ってから亡くなっているので、私が誕生日をむかえても同級生で済んだのだ。

(今年からは……)

しげと一緒に歳を重ねていくことを私は信じて疑わなかった。いくつになってもお互いに言いたい事を言い合っていただろうし、子育てが一段落したらきっと二人で貧乏旅行もしただろう。容易に未来の二人の姿が思い浮かぶのに、今年からの想像ができないのだ。

いつかしげの遺影を見て、しげのことを「ずいぶん若い」と感じてしまう日がくるのだろうか。しげ一人がいつまでも変わらずに「若く」いることに「ずるさ」さえ覚える。

私達は結婚式の二次会の中で、お互いの望みを受け入れるサインを交わした。しげからの要望が何だったか私はほぼ記憶にない。けれどしげは「誕生日にはホールケーキでお祝

いしてね」という私の願いをずっと守ってくれていた。入院していた時も欠かさず用意してくれた。毎年あったものが無くなると戸惑う。「もう無くてもいいや」と思ったが考え直し買いに行くことにした。それは、やはりしげの声が聞こえてきたからだろう。

しげは自分の誕生日が一日も早くくることを願っていた。早く、おじいちゃんになりたいと口にした。六十までで十分だからと。それは娘の成長を見届けることでもあったと思う。そして私達は娘の誕生日が早く来ることも願った。どうか娘の記憶の中に「パパ」をちゃんと覚えていられるくらい成長してほしいと。

けれど、私達の思い程、誕生日はやってこなかった。

誕生日を無事に迎えることがどんなに難しいことであり、この上ない幸せだということを私は学んだのだ。

だから私はこれから先いくつになっても自分で自分の誕生日に感謝し、祝える人でいたいと思う。

温熱施療

(涙を流す日が少なくなってきたかな?)

そう自分で感じることができるようになると、娘がよく泣くようになった。私が安定するのを待っていたかのようだった。涙の理由は明確だった。

「ママはいつしんじゃうの?」

短期間で多くの死を一緒にみてきた反動だろう。

(急に犬が飼いたいと言い出したことも、コレだったのか……)

私は自分の心を保つことで精一杯で娘の心まで思いやれていなかった。娘からの問いで全ての謎がとけた。なんと答えようか、迷った。

(ママは死なないよ、と言ってもこの子には通用しないだろう……)

覚悟を決めて、ママが死んだ時の話をした。

彼女の不安や、孤独の恐怖はだいぶ取り除いてあげられたと思った。そして、こう付け加えた。

「ママね、元気でいるために温熱施療の勉強を始めることに決めたの」

娘も温熱施療がどんなものかは、しげを見て知っている。しげが晩年に取り組んでいた施療である。勉強を始めた理由はちゃんとある。

しげの死が自分の死を身近にさせた。身体のどこかに病気があるのではないかと焦り始めた。今思い返せば、必要以上に病院に行き、検査を受けていた気がする。けれど結局、今の私の身体に悪い箇所はなかった。すると次に自分は長生きできるのかと不安になった。（娘を遺しては死ねない。どうすれば自分は長生きできるのだろうか……）

真剣に考えた。考えているうちに祖父母のことを思った。母方の祖父はもうじき百歳を迎える。そして亡き祖父母たちも六十九、九十二、九十五と大往生であった。自然と四人の生活が思い出された。

時代もあっただろうが、とにかく規則正しい生活だった。朝は早起きして、祖父達はジョギングをしたり、川や山に出かける。祖母は祖父がいない間に掃除をしていた。お互いに一仕事終えてから朝ごはんを食べる。朝は果物が食卓に必ずあった。そして、十二時、五時半とごはんは必ず決まった時間に食べていた。祖父達は毎晩程よく晩酌をしたが夕食が済むと、それ以降は何も口にしなかった。しばらく身体を休ませてから熱すぎる風呂に入り、八時～九時には就寝する。それから……。祖父母達の生活を思い出すと、長生きの秘訣が少しずつ見えてくるようだった。彼らの暮らしぶりの中で、私が学べること、そうだ！温熱だ。

しげの病が進行し、西洋医学での限界が突きつけられた。まだ体は動くのに施す治療がないのだ。ホスピスをすすめられ、受診の際、息をひきとる部屋を見学するよう促された。

若い私達には到底受け入れ難かった。これまでの施療や選択は本当に正しかったのかと疑心になり、これからどうすればしげの命が守れるのかと悩んだ末にたどりついたのが温熱施療だった。しげ自身が自分の命の為にこれを選択し、信じて始められた療法が存在したという事は、とても尊いとも思っている。信頼して続けられるものがあるという事は、どんな状況でも救いだったから……。しげの命は助からなかったけれど、私と娘の健康を守るためには身体を温めることが大事であると信じることにしたのだ。

温熱施療の学びを進めると、身体以上に心が大切なことに気づかされる。そして健全な心を保つには、身体を温めることがとても重要なのである。身体を温めることで、身体にたまった毒を汗、尿、便で排出する。毒を排出すると、思考も身体も健康になるのだ。

身体を温める方法は、家庭の湯舟でも十分できる。一日の最後に、その日の疲れをお湯に浸かり心と体をほぐす。これこそが日本人の長生きの秘訣だろう。「冷えは万病のもと」先人たちの言葉がさらに私の学ぶ意欲をより向上させている。いつか、身体を温めることが、病気や健康維持のみならず、スポーツの世界までもに広がっていく未来を今は想像している。

不思議な機会

公園の銀杏が黄色く色づき始めた頃、突然の誘いが舞い込んだ。

「キャンセルが出たからセッションを受けてみない？」

そのセッションというのは亡き人の思いが聞けるというものだった。話は以前から聞いていたが、正直乗り気でなかった。しげに対して申し訳なさと後悔がいつも心の片隅にあり、「バツが悪い」そういう気持ちだった。けれどそういう気持ちとは裏腹に、何かに引っ張られるように私はセッションを受けることになったのだ。

当日……。その方に、我が家の事情は一切話していない。しげと私の生年月日を伝えただけである。すると彼女は大きく息を吐き出し、目をつむり、セッションを開始した。

(何をしているんだろう……怪しいなぁ)

自分が何かされるわけではない。最初はその方を通じて私へのメッセージを聞いた。徐々にしげに話したいことを質問されながら、セッションを進めていく。すると、言葉の使い方や間の取り方にしげを感じた。気が付くころには、完全に夫婦の会話になっていた。

「しげ、あの時さ、あの看護婦さんのこと気になってたよね」

「……わかっていると思うけどさ、やましいことはないからね」

どうでもいい会話である。何気ない会話をしているうちに、少しずつ本音が出始める。

「私と結婚していなかったら、もっと長生きできたかもね」

「君もこっちの世界にくれば色々わかるけどさ～……」

自分の死を全て納得しているような口ぶりだった。本当にそういうものなのかは、今の私にはわからない。けれど、しげからの言葉が私に、この死は仕方がなかったのだと思わせてくれた。

その後も話は尽きず、気づけば結構いい時間が経っていた。けれどどうしても聞きたかったある質問をしたら、これまでの会話がウソのようにピタッと止まった。

「○○（娘）に言いたいことは？」

「……」

長い長い沈黙のあと、しげはこう答えた。

「……○○（娘）の身体の中に、パパが半分入っていることを忘れないでねと伝えて」

私はただ何度も頷くしかできなかった。そしてその答えもしげらしいと思った。ずっと聞きたかったことが、ようやく聞けてホッとした。

そして最後に私の一番の後悔を、しげに謝罪した。私はしげが日に日にやせ細り衰えていく姿を直視することができず、抱きしめてあげることができなかった。抱きしめることで、自分の心が見破られてしまいそうで怖かった。

「わかっていたよ、君の恐怖……。でも手を握ってくれたでしょ？」

「……」

(手を握ったことなんてあったっけな?)

電車に揺られ、窓の外を眺めながら約一時間ずっと考え続けた。

(……思い出した!)

玄関の前まで来て、ようやく思い出した。

いつも心の中で、しげならこう言うかな、と想像しながら自分を納得させていた。今日はその答え合わせだった。ほぼ大差なく同じ思いだったことが嬉しかったし、何よりいつもの会話ができたことで久しぶりに満足感があった。

傍から見れば一見怪しそうな世界である。もちろん、私は信頼できる人から薦めてもらったから警戒心をさほど抱かずに良い時間を過ごせたと思う。中には注意が必要なこともあるだろう。けれど遺された人にとって、自己解決して生き続けなければいけないのが現実である。この時間が自分の気持ちを整理でき、前進できるきっかけになったと私は思っている。

葛藤

一年間、たくさんの人に支えていただいたお陰で、ずいぶん前を向いて生きられるようになっていた。するとなぜか次はずっとこのままの状態ではいられないと思う気持ちが強くなり始めた。突然思い立ったわけではない。これまでも考え続けてはいたが、次に踏み出す勇気がなかった。「しげのいない現実を受け入れることで精一杯だった」という表現があっていると思う。

仕事、子育て、住まい……。

一歩を踏み出すまでに色々なことをシミュレーションした。当たり前のことだけれど、何かを優先すれば何かを妥協しなければいけない。

（大丈夫だろう、いやこういう時……不安だな、でも……やっぱり大丈夫……）

今でも何か決断するときは頭の中で沢山のシミュレーションと葛藤を繰り返している。押し問答をしていると、自分にできることと、できないことが明確になる。そしてできないことが増えると、意外にも考え方はどんどんシンプルになっていく気がした。

一番は娘が大事。娘を大切に思うと、今自分が働ける時間が限られるし、休日も土日休みの仕事がいい。そして、自宅に帰れば一人で全てをこなさなければいけないので、残業や出張、家に仕事を持ち帰ることはできないと思った。また十年も経てば私の考えも変わるだろうが、今は娘との限られた時間を（いずれ巣立つ時がくるから）優先したいと思うようになった。

そこが定まると、次に優先したいのは自分の心だった。

ある医者は以前と保険証が変わったのをみて、真っ先にこう尋ねた。

「旦那とうまくいかなかったのかい？」

病気で亡くなったことを話せば、病名、年齢、どんな治療をしたかまで事細かに聞かれた。もうこうなるとこちらも完全に呆れ、跳ね返すだけの気力もなく答えてあげた。だが未だにその名前も顔も忘れない。

これから生活する場所も、始める仕事も娘の園生活も、すべてにおいて新しい環境で生活していくことを想像したらとても苦痛に感じた。我が家の事情を知らない人達に、一から話をする気力がどこにも残っていなかった。諸手続きに追われたあの時に、トラウマになってしまったかもしれない。

どこにいても色々な人はいる。けれど、その中でも心穏やかに過ごせる環境を「心」が求めていた。

それは要するに長野に戻ることだった。長野なら、以前通っていた園も、しげを通してお世話になった医者も、ご近所のママ友も、しげの会社の方たちも、私達親子の事情を分かってくれている。そして長野の自然に癒されながら生きていくことが今の私には一番心地良いだろうと思ったのだ。

それでも実際に暮らすことをシミュレーションしてみると、自分が風邪をひいたらどうしようか、長野に住むことはただ私のわがままなのではないだろうか、本当に生活していけるのか……。次から次へと不安なことが頭をよぎった。あまりに悩む私を見かねたのか、しげの口癖が頭をよぎった。

「もう悩んでないで行っちゃいなよ！　なんとかなるっしょ！」

「……」

（……あなたの場合、なんとかならないこともありましたけどね?）

こんな時にも声が聞こえてくる。

新しい風

長野に住むと決めてから、家探しを始めた。二人だけの生活以外は、新しい変化を望まなかった。以前住んでいた土地なら、スーパーや病院などの生活スタイルを変えずに暮らせる、そう考えていた。探し始めた時期は、長野の山々にうっすら雪が積もり始めるかどうかという頃だった。すでに好条件の物件をなかなか見つけられず、数カ月が経過していた。

九月の月命日だった。朝、恒例になったお墓参り➡モーニングに行ってきた。一カ月分の報告をして、しげに良い物件を探してねとお願いをしてきた。そしたら、そのお願いが良かったのか？　その夕方、五時五十分くらいだった。不動産会社の担当者から連絡が入り、希望に近い物件が上がってきたのだ。

条件は申し分ないのに、また一瞬悩んでしまった。

（……本当にこれでいいのだろうか？）

一時間にも満たない葛藤の末、この物件を借りることに決めた。後押しをしてくれたのは今日が月命日だったということも大きい。優柔不断でなかなか決めきれない私の性格をしげに見透かされたような気がした。申し込みの電話をかけ、電話機を置いたあと、仏壇の前に座った。こみ上げてくるものがあった。娘がそっとティッシュを持ってきてくれた。
（ついに自分で動き出すときがきたのだ……）
実は今の住まいは、結婚当初しげと一緒に暮らし始めたマンションなのである。部屋番号は違うが階まで一緒だった。治療のためにと長野から引っ越してくると決めた時も、見知らぬ土地より、知っている場所なら、しげの看病により寄り添えると思った。あの時は、「ひさしぶり」「ただいま」という懐かしい気持ちと、この家を「三人」で出て、また長野に戻りたいと強く願った。
……しかしそれは叶わなかった。しげとの結婚生活はこのマンションで始まり、ここで終わったのだ。あまりに綺麗すぎた。
二人で住み始めた日のこと
結婚式を終えて自宅に帰ってきた日のこと
背を向けて眠った日のこと
長野に引っ越した日のこと
そして、しげが最後にこの家を出ていった日のこと……。
たくさんの思い出が頭の中を駆け回った。
これから始まる新しい家を、空間をしげは知らない。しげの知らないことがこれから増えていく寂しさが襲ってくる。そういう涙だった。

引っ越しの準備を始める前に、しげがこの家で見たこと（家具の配置など）を写真に残そうかと一瞬思った。けれど、やめた。大事なことは心が覚えている。それでいいと思った。

この家に住んでいる間、月命日は欠かさず、お墓参りをした。最後にお墓参りをした日、家のプランターで育てたヒマワリを持って行った。しげが大好きだった花、ヒマワリ。なぜ好きだったか聞いたことはない。ただ特別な日にはいつも花をプレゼントしてくれていて、そこによくヒマワリが入っていた。しげが大好きな花だと私は思っていたけど……私への愛のメッセージだったのかな？

「ホント、よくそういうこと恥ずかしがらずに言えるね～君は」

溜息交じりにつぶやく声が聞こえた。

ありがとう。

おもかげ

長野へ引っ越す前に、東京でやりたいことがいくつか出てきた。その中のひとつに、娘をしげのおもかげを感じられる場所に連れていきたいと思った。

一つは大学の頃やっていたラクロスの試合を見せることだ。しげの後輩I君がコーチをやっていることもあって、試合会場まで娘を連れて出かけた。かつてしげを応援しに行ったときの見覚えのある景色がいくつかあった。その時は気にも留めずに通っていた場所も、再び懐かしい記憶となって思い起こされた。青春と芝生の匂い、熱くプレーしている若者の姿に今の自分の年齢を忘れて夢中で応援していた。あの頃も隅っこの方で、一人こんな風に応援していた気がする。娘に見せたかったはずが、すっかり自分の方が楽しんでいた。娘にはどう映ったかわからない。けれど飽きることなく、その場にいてくれたことが嬉しかった。

それからもう一つがラグビーである。高校の頃ラグビー部だったというしげ。まだ私達が出逢う前なので、私はプレーしている姿を見たことがない。それでも共にすごした時間の中に必ずラグビーがあった。付き合い始めの頃、よくラグビーの試合を観に付き合わされた。極寒の中、じっと座って私は笛の音を聞いているだけだった。

「ねえ、あれ何で止まっているの」

「今いいとこだから、静かにして」

「……」

あの頃からだろう。私達の間に大きな温度差がうまれた。しげは暇さえあれば録画したラグビーの試合を観ていたが、私は未だルールすら知らない。何も言い返せなかった可愛い彼女は、妻になると変わる。結婚後は友達を誘い試合を見に行くようになった。

「いいもん、いつかお弁当もって子供と観に行くから！」

「きっと寒くて嫌だと言われると思うけどね？」

「……」

そんなことを楽しみにしていたから、娘としげのラグビー愛を話しながら、国立競技場の近くを散歩してみた。もちろん暖かい時期に。

父親と接する時間が少なかった娘には、せめて少しでも父のいた場所、好きだったことを見せて、触れさせてあげたいと思うようになった。私にとって懐かしい場所を見ることは時に辛いことでもある。けれど、娘のためなら我慢できる。きっとしげもそれを喜んでくれていると思うから。

第四章

新生活

せめて声だけでも……

長野の空気を吸い始めて数日経った。諸手続きをある程度終えるとすぐに、娘はかつて通っていた保育園に登園し始めた。久しぶりの園に少し緊張気味だった娘も、みんなから「お帰り」と声をかけてもらい嬉しそうだった。我が家の事情を知っている先生方やお友達、ママ友がいてくれることはすごく心強かった。

娘を預けたあと家に戻り、細かな引っ越しの片づけを進めた。少し手を止めると、窓から山がくっきり見える。部屋の中にあたたかな陽ざしと柔らかい風が吹き込み、洗濯物は気持ちよく揺れていた。ただそれだけなのだけれど……幸せな時間だった。

必要なものの買い出しに車を走らせると、見慣れた光景が並ぶ。しげの会社の前を通れば、しげがまだそこにいるような感覚になったし、以前住んでいたマンションの前にいけばあの頃に戻りたくなった。

娘の迎えをすませ、夕飯を作っていれば、

「ただいま～」

「パパおかえり～」と娘が玄関に駆け寄り、娘を抱きあげ部屋に入ってくる姿も私の頭の中では容易に想像できた。そんなことを考えていると、今自分は夢の中にいるような、今までが夢の中だったのだろうかと不思議な錯覚に陥った。

二年前と似ているようで大きく違う。それはしげからの連絡がこないことだ。

「今日は帰りが遅くなるから」

「飲み会になった。夕飯要らない」

私達夫婦にとっては当たり前だった毎日の連絡がない。

(いないのだ……)

傍から見ればたった二年の歳月だけれど、私と娘にとっては変化が大きすぎた。それだけに長野に戻ってくるとは決めてからも、きっとしばらく辛いものになるだろうと覚悟はしていた。少しの幸せを感じる時間ができたかと思うと、ふとした時間に寂しさが溢れだす。そんな毎日の繰り返しだった。それでも、幸せと思える時間が増えていくことをココでするしかない。長野に戻ってきてよかった、と思えるようにこれからは生きていくしかない。

大切な人を亡くすとみな言うらしい。

「せめて声だけでも聞きたい」

私も同じだ。せめて……。

二度目の結婚記念日

私としげが一番好きな季節が長野にやってきた。山や果物が色づきはじめ、食欲が大いにそそられる。特に長野はりんごの木が至るところにあり、街中が赤く染まる光景は見ているだけでも飽きない。知り合いのM本家にお邪魔した時、初めてりんご狩りをさせてもらった。小川村の高台から見える、アルプスはほんとうに美しい。雪がうっすら積もりはじめた山と完熟した赤いりんごと青空……その景色の中に身を置くだけで心が満たされていくのがわかった。りんご狩りを楽しみながら時間をみて頂くお茶はまた格段と最高だった。りんご畑の中に、コンテナをひっくり返し即席のテーブルができる。そしてM本さんが作ってくれた、ニラせんべいに漬物、りんごなどの果物が並び、温かいお茶を青空の下で頂く。贅沢だ。さらに子供たちの笑い声が、より一層温かい気持ちにさせてくれた。

全身で呼吸できたはずなのに、……そう長くは続かない。

(またこの時期か……)

自己防衛策だろうか。一人で迎える「二度目」の結婚記念日をどう過ごそうかと考え始めた。昨年は納骨の次に、結婚記念日が苦い記憶になってしまった。どうにか沈まないでいられる方法はないのだろうかと模索していた。すると、たまたまこの日に温熱施療を受けてみたいとN子さんが申し出てくれたのだ。私が資格を取る前から応援してくれていた。家族以外に施療することなど、遠い未来に考えていた。だからとても嬉しかった。慌てて準備を始めると、結婚記念日への意識が薄れた。

そして当日、N子さんがお花をもって自宅を訪ねて来て下さった時も、同じだった。

ようやく涙が流せたのは、夜になってからだった。仏壇の周りが生花で埋めつくされた。悲しみの花はたくさん見てきたけれど、喜びの花に囲まれたのは、結婚式以来である。本当に嬉しかった。いつもお祝いごとには花をプレゼントしてくれたしげ。今日はしげの代わりに五人からお花をいただいた（ありがとうございました）。

あれだけ辛かった去年が、うれし涙に変わる日になるとは……露にも思わなかった。私に会うと同じ言葉を投げかけてくれる人がいる。

「先のことなど誰にもわからない、一日一日を大切に生きるしかない」

また三六五日経てば、結婚記念日はやってくる。あの日と同じ空なら尚更幸せだった時が鮮明に思い出されるだろう。

夫婦のことは夫婦にしかわからない。だからこそこの日だけは、これからも一人で耐え忍ぶしかない。今はまだ「〇年目」と指折り数えることが多いが、それでもいつか、一人秋晴れの空を眺めながら心穏やかに過ごせる日がくると……願っている。

覚悟

引っ越しをして二カ月が過ぎたころ、引っ越し前にシミュレーションしていたことがついにおこってしまった。私が風邪をひいた。のどが痛くて、頭痛もあり、身体がだるい。知っている土地に戻ってきたとはいえ、新生活で蓄積された疲れがたまり、限界がきたのだと自分でわかった。親族は電話の声だけで私が風邪だと察したようだが、私も心配をさせたくない気持ちと、意地で大丈夫だとすぐに電話を切った。

（さぁ、どうしよう……）

ひとまず、娘を迎えにいった。娘は元気いっぱいで駆け寄ってきた。夕飯を作る気力はなく、外食で済ませた。自分が食べるというよりは、娘に夕飯を食べさせねばという思いだ。帰ってからも娘のことは後回しにできない。いつも通りやらなければならないことを終え、この日は夜九時、一緒に眠った。こうなることを想定はしていたが、実際やってみると結構辛い。でも、それも覚悟して引っ越してきたのだ。今更、弱音を吐いても仕方ないし、変われない。全て自分で決めたことだから。

一人になってから新たに始めることには、毎回覚悟が必要だった。短期間で決まった覚悟もあれば、三年かけて決めた覚悟、そしてまだ覚悟を決められないこともある。けれど真剣に悩んでいる時ほどいつも誰かが、何かがポンと軽く背中を押してくれた。

「何かやろうと思ったら、お金がないことに気持ちが負けたらあかん」

テレビドラマの中のセリフである。とても深いと思った。

覚悟を意識してみると、過去の自分が恥ずかしくなる。よく「親や兄弟は選べない」と言うけれど、それ以外の選択権は常に「私」にあったのだとようやく気づいた。部活や進学先、就職先に結婚相手、子を授かることにおいても最終的には「私」が決めたのだ。周りからの心配の声があったとしても受け入れたのも「私」、受け入れなかったのも「私」なのだ。

だがそれを誰かのせいにし、自分は犠牲になってるとひねくれ、不平不満ばかり言っていた。要するに「覚悟」がなかったのだ。

しげとの結婚生活も、私が初めから「覚悟」を持てていれば、あの頃よりもっと仲良く過ごせたと思う（後の祭りである）。だから今は、娘に手がかかり、自分の時間がなくても嘆いていない。多少の「我慢」は必要だが決して「犠牲」ではない。

「覚悟」が決まると、後悔を減らせるかもしれない。しげへのせめてもの罪滅ぼしである。

ないものねだり

（一人になったんだな～）

十二月に入ると、娘の保育園で行事があった。以前通園していた保育園に戻ったので、行事の様子はわかっていた。わかっていたはずなのに心は違った。今まででであれば、しげがビデオ係、私はカメラ係で娘の姿を残していたはずなのに、もうそれができないのだ。

頭では無理だとわかっているのだが、心は認めたくないのだ。

「なんでしげはいないないのだろう」

「居てくれたら手分けしてできるのにな～」

と、たられば の想像をしてはこみあげてくるものがあるのだ。そして何度も一人二役をこなす方法を模索してみるのだ。長野に越してからは特にそんな日々の繰り返しだった。けれど結局ムリなのだ。悲しみを強く感じる日は何もする気がなくなり、よく近くの日帰り温泉に行った。温泉に浸かると負に傾きかけた感情が、無意識のうちに戻された。そして、少しずつ自分の軸が定まってくるのがわかった。

「ないものねだりはやめよう」

「たられば話もやめよう」

「言ったところで何も変わらない」

「できないことはやらない」

「ビデオや写真だって絶対必要なものではない。レンズを通してよりも自分の目で、心で見ればいい」

そう決めてしまうと心がずいぶん軽くなった。

じゃあついでに、と家の中も軽くした。必要なものだけで暮らすことを始めると、モノの数が減り、掃除が楽になった。

（よし大丈夫、この調子）

と思った矢先……娘からの一言だった。

「なんでママはしゃしんをとらないの？　ママはわたしがすきじゃないの？」

……写真も少しは……必要みたいだ！

音の心地良さ

しげ、今日は久しぶりに身なりを整えて、しげがお世話になった人達に会いに行きました。皆さまご多忙にも関わらず、私のために時間を割いて会ってくださいました。本当に温かく迎えてもらい、とてもとても嬉しかった。私の傍で、しげが久しぶりに皆さんに会えて嬉しそうにしているのがわかったよ

U口さんが会社の玄関の前で待っていてくださった。U口さんは、しげの荷物を取りに伺ったときも、その後もずっと私と娘を気にかけて下さっている。U口さんは、言葉の選び方が優しくて、私が気にしている核心の不安を質問して下さっても不快さが全くない。言葉が軟らかくて、心地が良いのだ。お会いするたびにマネしたいと思う。

U口さんの後をついて、いくつか部屋を回った。そしてI井さんにお会いした時、病院までお見舞いに駆けつけてくださった日のことを一瞬で思い出した。病院の場所と、どの席に、座っていらっしゃったかなど、頭の中はそんなことばかり考えていて短い返事をするのが精一杯だった。今はI井さんに直接、お会いするのは機会はあまりないのだけれど、いつも誰かを通して、私を気遣って下さっていることがわかる。それがとても嬉しい。相手のことを心から思えば、回り回って、その人に思いがちゃんと伝わるのだということを

I井さんに教えて頂いた。

そして最後に案内されたのが、しげがかつて仕事をしていた部屋だった。

（いるかな？）

一瞬だけバカな考えがよぎった。コーヒーを頂きながら話をしていると、Y口さんがしげとの関係性を話してくださった。その話を聞きながら、様々な記憶が頭の中で駆け巡った。しげが入社した時に私達はすでにお付き合いをしていたので、会社でのことを全く知らないといえばウソになる。だが、実際しげが会社の中でどんな風に過ごしていたかまでは知らない。だから目線を変えたしげの話を聞いて、もしかしたらあの話かな？と想像しながら聞いていた。それだけでも十分心地が良かったが、Y口さんが続けてこんなことを話し始めた。一瞬、ご主人と言い直されようとしたが、そのままで大丈夫ですと答えた。

「しげの手、ごつかったよね」

しげ君と言って下さったかもしれない。どちらか覚えてはいないのだが、久しぶりに「しげ」という音を聞いた気がした。しげの話をすることはあっても、名前を口に出す機会が日に日に減っているのはわかっていた。家の外では主人奥様だし、娘と一緒にいればパパママになる。とても心地良かった。

翌朝、しげが夢に出てきた。Y口さんに手を褒められて?よっぽど嬉しかったのだろう。私はしげの顔も見たかったけど、夢に登場したのは「手」だけだった……。しげらしい。感じてはいたけれど……やっぱりついて来てたんだね。亡き人の話はしてあげた方がいいと聞いたことがあるけれど、「そうかもしれない」と思う時間だった。

ふんばれ

実家に帰ると、必ず寄る場所がある。それは親戚の家だ。亡き祖母の妹夫婦で、私は二人の事を、親しみを込めて「おじちゃん・おばちゃん」と呼んでいる。子供の頃から立ち寄る場所ではあったが、しげが病を患ってからはより出入りするようになった。おじちゃん・おばちゃんは、どんな時も相手を思う言葉を忘れない。それでいて、私にいつも学びを与えてくれる。

おじちゃんは二十年前に癌を患った。六十五歳の時だったそうだ。一年後の生存率は極めて低く、のちにその数字を聞いた時に私の方がかなり驚いた。けれど、おじちゃんはその数字を聞いたとき、一瞬たりとも死が頭をよぎることはなかったらしい。不安で眠れない日もなかったと言い切った。今以上に「癌＝死」という概念が強い時代だったはずなのに私はなぜだろうと首をかしげてしまった。誰もが病気になれば、そう思いたいはずだけどそう思えない。どうしてそう思えたのか聞いてみたが、おじちゃんは照れくさそうに適当な自分の性格だと言った。でも私には、ちゃんとおじちゃんなりの理由がはっきりと見えた。

「過去にとらわれない」

「先の心配をしすぎない」

「悪いことを悪いと決めつけない」

おじちゃんがサラリーマンの晩年にたどり着いた考えだそうだ。そして入院中は癌とはどういう病なのか、身体のしくみについて徹底的に調べ、退院した後はこれまでと真逆の生活をするようになったらしい。野菜中心の食べ物に変え、昼運動をし、夜九時には就寝する生活を守る努力は今でも続けている。おじちゃんから自分をコントロールするヒントと、人生を生きやすくするコツを教えてもらった気がした。

そしておじちゃんは私に力強くこう励ましてくれた。

「人生においてふんばらなければならない時が必ずくる。……ふんばれ」


おじちゃんとおばちゃんは、私の生活がかわってからもいつも応援してくれる。特に温熱施療を学んでからは帰省のたびに二人に熱を入れる。おじちゃんに初めて施療を施した後、最初の質問はこれだった。

「なぜ身体の熱い部分がわかるのか」

一筋太い軸の通ったおじちゃんである。けれど私の一言の返しですぐに納得してくれた。今でもあの時のおじちゃんの顔が忘れられない。嬉しかった。

「またお正月に帰るから待っててね」

今ではすっかり温熱のファンになってくれている。

「あづみ、俺は生活習慣病である癌に打ち勝てても、老化にはかなう術が見つからない。でも考えても体に毒だから考えないようにしている」

おじちゃんは今でも、自分と向きあう努力を続けている。

第五章　生きるということ

遺影の前に座る

年があけ娘を保育園まで送る朝、娘が助手席から私の顔を覗き込みこう言った。

「ママ、どうしてふあんなかおをしているの？」

完全に見透かされていた。来週から仕事をすることになったのだ。しげの会社の方々にお世話してもらった。本当にありがたかった。けれどその気持ちとは裏腹に、頭の中はいっぱいだったのだ。一家の大黒柱として働かなければいけないことはわかっている。しげと二人で一文無しになってもどうにかやれる自信はあるのに、一人になると重圧がのしかかるのだ。仕事、子育て、家事、そこに加え、昨年九月から始めた学び途中の栄養学のレポートの提出……考え始めると不安しかなかった。

さらに別の恐怖が襲ってきた。会社の建物をみると、どこかにまだしげがいるのではないかという思いが心を支配しはじめ辛くなるのだ。


働き始める数日前、一度会社に伺った。大丈夫、大丈夫と何度も自分に言い聞かせ、感情を無くすイメージをしてから建物の中に入った。けれど……社内で働く人達が首からぶら下げている社員証をみるだけでもこみ上げてくるものがあった。荷物を取りに行ったあの日、様々な諸手続きをしたことを思い出してしまったら、持ち堪えることができなかった。

家に帰ってからも、気づけば遺影の前に座っていた。（こんな状態で本当にやっていけるのだろうか）。どれくらいだったかはわからないが長いこと座っていたように思う。じっと遺影を見ていると、しげの目が私に何かを話しかけてくるように感じた。

「ごめんな～俺の代わりに……」

「でも、お願い！　俺も会社に行きたいんだよ」

「みんないい人だから大丈夫！　なんとかなるっしょ！」

（何度も言わせてもらいますが、なんとかならないこと多々ありましたけど？）

思わず笑ってしまった。遺影を見つめていると、亡き人にも感情が残っているかのように顔つきが違って見えることがある。でも、辛いときこそ、悲しいときこそ向き合ってみると、亡き人が答えを教えてくれることもある気がした。

大きなプレゼント

ついに働き始めた。ひたすら感情を無にして過ごした。私にとっては初めて働く職場なのに、説明を受けることの中にしげの行動や言葉を思い出すことがいくつもあった。

（あの言葉はそういう意味だったのか）

同い年の私達は入社した時分、それぞれが自分のことで手一杯だった。仕事場が離れていたので、最低一日一回の連絡を欠かしはしなかったが、お互いの仕事を探りあったり、相手に深入りするような関係ではすでになかった。それは結婚後も同じであまり新鮮さを感じることはなかった。それでも一応妻となってからは、夕食時にこんなことも聞いた。

「今日は仕事どうだった？」

「……話したところで、わからないでしょ？」

しげなりの意図があってなのかどうかは今となってはわからないけれど、仕事の話を自ら家で話す人ではなかった。それだけにたまに話す内容が私の中ではとても印象強く残っていた。

自席に座って仕事をしていると、しげとは無縁の職場にいる気がした。そして仕事を教えてもらっているときは、しげのことを考えずに過ごせた。一日の時間の流れが早く、気づけば夕方になっていた。毎日同じように過ごせればいいのだけれど、同じではない。時折、何かの拍子にしげをふと思い出すのだ。

（あの作業着、私アイロンかけたな〜）

（付き合いの飲み会もあったのに、ひどい言葉を言ってたな）

（いつかしげにも課長になる日がきたのかな……）

　思い出すだけならいいのだが、自分だけが取り残されたような孤独を感じてしまうとさすがに我慢できなかった。堪えきれない思いにトイレに駆け込むことも何度かあった。


　仕事の終わりを告げるチャイムが鳴ると同時に、頭の中は母としての役目をこなす時間にかわる。小走りで保育園まで迎えにいき、家に着いてからは黙々と九時まで奮闘する。そして娘が眠りについたのを確認してから、毎日遺影の前に座った。仕事を始めてからの一週間、涙の出ない日はなかった。しげがいれば協力しあえたことが今は完全に一人である。「今日はこんな日だったよ」と言う相手もいない。全て、本当に全て、一人でこなさねばならない現実を突きつけられた。しげがいた頃は私一人だけが大変な思いをしているように感じていたが、それは大間違いだった。

　仕事をはじめて最初の金曜日、仕事を終え歩きながら少しだけ気持ちが前を向いた。

（今、この職場で働けなければ、私はこれからもずっと社会復帰はできない）

率直にそう思った。同じチームで仕事をしている人達に、我が家の事情を話していない。けれど、皆良い人達だということが一週間で伝わってきた。そしてしげを知る上司や同僚の方々が、私の目に見えないところで、気にかけて下さり、わざわざ仕事の時間を割いて、声をかけに来て下さったことも、心強かった。私に前を向き生きていく力を与えてくださったのだ。

「これはしげから私への、最後の大きなプレゼントかもしれない」

雪明りだけが、私の沈みかけた心をぼんやりと照らしてくれているようだった。

そして、この日も夜九時を過ぎて、遺影の前に座った。今日はまず手を合わせた。

しげ、生前あなたが一生懸命働いてくれたおかげで、私に沢山ご縁を残してくれてありがとう。本当に心から感謝をしているよ、これから頑張って働くね

朝のちから

通勤するようになってから朝は特に忙しくなった。ゴミ袋をもち家を飛び出し、車に乗りこむまでが時間との勝負である。何度娘に「急いで！」と言っただろう。それでも車に乗ると、いくらかホッとする。そしてお決まりの曲を流す余裕もでる。今私が働くのも、前を向いていられるのも娘がいてくれるお陰なのだと、歌からパワーをもらった。娘を愛おしく思うと同時に、「今日の私」を奮い立たせた。

娘を保育園に預けた後は、十五分ほど歩いて会社に向かう。この時間も歩きながら音楽を聴いた。せわしい時間の流れを、ようやく人並みに戻してくれているようだった。氷点下の雪道は空気が澄んでいるせいか、雲の隙間から時折のぞく太陽の光がより一層きれいに感じた。「今日も一日がんばろう」そう思えた。

のちに部署が異動になったのがきっかけで、私の朝も少し変わりだした。たまたま昼休みに観ていた朝ドラの再放送を観たのだ。順風満帆にはいかない人生を、心の葛藤と向き合いながらも、人に助けられ愛され前向きに生きるヒロインに私はすっかり魅了されてしまったのである。気づけば一日十五分のお話を観ることが日課になった。今ではすっかりルーティンである。朝ドラの主題歌とお話が一日の活力になってくれている。だが心痛むお話の回の時は、引きつられるように一日が憂鬱になるのだ。これも「朝」がもたらす影響だと思う。

会社の自席の後ろにH口さんという方がいらっしゃる。若い時、仕事の合間をぬって世界中を自転車で横断したこともあるそうだ。山にも登られ、話す内容はとても興味深かった。そして色々な世界を見てきたからこそ、H口さんが私に投げかけてくれる言葉はとても深かった。やりたいことはあるのに、私の覚悟がなかなか決まらずにいることを打ち明けたとき、こんなことを話してくださった。

「世界を自転車で出かけると決めてから、毎週金曜日の仕事終わりに仲間と集まって五年間打ち合わせをした。五年かけて、一生懸命考えても計画できない、わからないことがあった。でもそのときはどうにかなると思って進むしかない。やりたいと思った時はやらないよりやった方が絶対いい。やってみた後悔より、やらない後悔の方がよほど後悔になる」

優柔不断な私を後押ししてくれるには、十分すぎる言葉だった。

H口さんの退職日、お昼ご飯をごちそうになった。お店から会社に戻る交差点で信号待ちをしている時、失礼を承知の上で奥様のことを聞いてみた。私より一年早く死別を経験されている。

「何気ない日常の中でふと思い出すことがある。けれど過去は変えられないし、前に進むしかない」

（やばい……）

頷きながら、涙を堪えるのに必死だった。

いつも会社では言葉数が少なかったH口さん。休み時間はよく窓に椅子を向け山を見ていた。これだけ軸が定まっている人でも、奥様のことを想わない日はないのだと思った。二粒だけ涙が落ちた。

H口さんは、私にとって朝ドラに出てくる、「じいちゃん」みたいな人だった（私のじいちゃんでは年齢的に失礼か！）。本当にありがとうございました。

二十六日の意味

三月一日。家に帰ってきてからカレンダーをめくった。夕飯を作りながら窓の外を眺めると日が長くなったのを感じられた。

（春がきたな〜）

私の先祖は二月に亡くなった人が多い。先祖達の祥月命日がくるたびに春を心待ちにしていたのだろうかと思いを馳せた。物心ついた時から三月を迎えると親戚皆が無事に二月を過ごせたことと、春の訪れに喜びを感じずにはいられない。

春の暖かさに触れると、私は桜を思い浮かべる。そして桜のことを考えているうちに、しげの初めての手術の日を思い返していた。前日に病院の前の桜の木の下で写真を撮ったた……。

（たしか手術日は四月十六日で……。？　もしかして……）

もどかしさを感じ、コンロの火を止め本棚に向かった。しげのこれまでの病気の記録を一冊にまとめたファイルを取り出した。そして見つけたかったものを発見した。

（やっぱり……）

娘は突然の私の行動を不可解に思ったのだろう。私が床にしゃがみ込み探している間、背中の後ろからファイルを覗き込んでいた。

　人は生まれてくる時も、亡くなる時も日を選ぶと聞いたことがあるが、どうしてしげは「二十六日」を選んで亡くなったのだろうとずっと理解に苦しんでいた。しげの家は数字の「九」に縁のある家だ。私達夫婦にとっては「十三」に縁があった。だから余計に「二十六」は心に引っかかり続けていた。が、その答えがわかったのだ。

　初めてしげがCTやPETの検査をした日が三月二十六日だった。一度だけしげがこんなことを言ったのを思い出した。

「昨日まで自分は健康で、病気とは無縁の生活をおくっていた。だけど翌日には自分は癌患者なんだよ。人生が百八十度変わるよね」

（そうだよね……）

　勿論、しげの言葉に同感したが、私だってその時は同じことを思った。医師から病名を告げられた日のことは鮮明に覚えている。私の左隣にはスーツ姿のしげと、私の背中では一歳の娘がおんぶされたまま眠っていた。だがそれが何日だったのか、私には曖昧になっていたのだ。夫婦でも見てる視点は違うのである。しげは口に出さなかったけれど、ずっと二十六日を迎えるたびに、指折り数えていたのかもしれない。

「今月で○年△カ月」

　しげからもらったラブレターの出だしはいつもコレだった。

そして今、私も同じように数えている……。
ようやく気付いてあげられたよ、ごめんね。

それぞれの事情

四月末、仕事中に保育園から呼び出しの電話がかかってきた。

「お母さん、◯◯ちゃん（娘）、お熱があるので迎えお願いします」

たいてい呼び出しを受ける時は母としての予知能力が働く。だが今回は不意打ちだった。しかもまだ午前中である。慌てて園に迎えに行くと元気いっぱいの子供達とは対照的に、娘は部屋の端に敷かれた布団の上で泣きじゃくっていた。娘を抱きかかえ、そのまま園から近い小児科に向かった。病院に着くころには、泣き疲れたのか私の腕の中でおとなしくしていた。

（疲れがたまったのだろうか？）

幸い熱もさほど高くなく大事には及ばなそうなのでひとまず薬をもらってすぐに帰宅した。娘を寝床に横たわらせるとスッと眠ってしまった。娘の寝顔を見ていると、なぜか今度は私が泣けてきた。

安堵感とこれからは、こういうことも一人で対処していかなければいけない現実が辛く思えてきた。「帰りにゼリー買ってきて！」と言う相手もいない。寝ている娘を置いて、買い出しへも行くわけにいかない。

（どうしよう……、私そんなに強くないんだけどな……）

そう思って涙が出始めかけた時、寝ていたはずの娘が大泣きをして起き出した。抱き寄せると、異常に身体が熱い。慌てて体温計を取り出すと、四十度を超えていたのだ。

（まずい……）

しかし、先程の病院はすでにお昼休みの時間帯になっていて電話もつながらない。救急車を呼ぼうか迷ったが、真っ先に近所の病院、K先生の顔が浮かんだ。

（あの先生なら……）

救急車を呼ぶよりも、自分の車を走らせれば二分だ。しげの闘病中も困った事があると先生を思い出した。医師としても、人としても尊敬する、お父さんのような方である。慌てて連絡を取り、パジャマ姿の娘を抱きかかえ車に乗せた。看護婦さん達もすぐに対応してくださり、採血と点滴を始めた（本当に感謝である）。万が一を想定して入院話も出たけれど、こういう時もある程度、（本当にある程度である）動じすぎずに対応できるのは、これまでの経験だろう。やけに冷静な「もう一人の私」がいるのだ。結局、熱の原因が急性の熱であることがわかり、すぐに追加の薬剤が点滴の中に投与された。娘は、高熱で点滴の針を入れたこともしかしたら気が付いていなかったかもしれない。薬が少しずつ効き始めると、熱もみるみる下がり始めた。

一時間ほど経った頃、娘が泣きながら目を覚ました。自由の利かない左手を見て、大粒の涙がこぼれ落ちる。

「お、うちにか……え、りたい」

ティッシュで涙を拭くことしかできないのが切ない。

（そういえばしげもよく交換ノートに同じこと書いてあったな〜）

点滴が終わる頃にはもう夕方だった。自宅に戻ると、娘は熱は下がったが、依然布団の中でゴロゴロしていた。そして夕飯もそこそこに寝てしまった。

時計は午後七時をさしていた。一方の私はというと、完全に疲れきっていた。だが気力がなくても、お腹は空く。ひとまず口にものを運ぶだけの食事を始めた。静まり返った部屋がやけに寂しく感じられ、リモコンを探し、テレビをつけた。

「あっ……」

今日は「しげの最初の手術の日」だったとニュースを見て気づいた。あの日、世間は朝からあるニュースでもちきりだったらしい。そんなこととは知らず、私は十三時間、しげが手術室からでてくるのを、病院の廊下でずっと祈り待ち続けていた。


娘は翌日にはすっかり熱が下がっていた。けれど、身体は思うように動かないらしい。

私の仕事もお休みを頂いた。同じグループで仕事をしていた同僚達は私がどんなに休んでもいつも笑顔で「お互いさまだから」と言って下さった。本当にありがたかった。中には連日のお休みを良く思わない人もいただろう。私も全てのことを全員に話しているわけではないから、仕方ない。結局どんな「休み」をすごしていたか誰も知らないし、私の気持ちも私にしかわからないのだ。それと同じように相手の気持ちも私にはわからない。

「みな、それぞれに事情があるのよ」

そう割り切れば、自分の気持ちを軽くできた。そして相手にもやさしくなれると思う。

三回忌

「待ちに待ったGW！！！」　今まではこう思っていたが、そう思えなくなった。調和のとれた家族が至るところにあふれる休日は、多少の苦痛を感じるようになった。それでも休日を楽しみにしている娘を連れ出かけた。

祖父母の一周忌のお墓参りを兼ねて佐渡に向かったのだ。船の甲板に出て、カモメに餌をあげる娘をじっと見ていた。

（私はいつから佐渡が好きになったのだろう）

子供の時は休みになると行く場所は佐渡しかなかった。たまには佐渡以外のところに行ってみたいと思っていた。しげと付き合ってからは、訪れたことのない場所へたくさん出かけるようになった。だが結婚してからは再び佐渡に向かうようになった。しげの祖父母は都内にいたため、彼には田舎がなかったのだ。

（また、佐渡か……）

あの頃はそう思っていたけれど、今は結構佐渡が好きである。どこにいても自然を感じられる。人の足音が大きく聞こえるあの町で、潮の匂いを感じながらお墓まで海沿いの道を歩く。それだけで人間らしさを取り戻している気がした。そして墓前で手を合わせた。

「もう一年か〜早いな」

これが率直な気持ちだった。


ＧＷが終わると、しげの三回忌が控えていた。また十三日である。同じ身内なのに祖父母の法事と何かが違う。もしかすると、これは子供の成長と似ているかもしれない。よその子の成長はたまに会うから「早い」と感じるけれど、我が子はそう思えない。祖父母の一周忌は私の中ではどこか他人事なのだ。

（しっかり断っておくが、他人事だからと言って悲しみがないわけではない）

けれどしげの場合は、「早い」だけでは済まされない思いがある。

どんな人でも死というのは、遺された人に何かを与える。けれど若い人が亡くなると、より一層大きなものになる気がする。これまでの私の死生観が天と地ほどにひっくり返ったのだ。しげの生前と同じ考えや思いを貫こうとする頑固な一面が自分の中に垣間見えると、それはどこかしげの死を無駄にしている気さえする。


三回忌までに不思議なことがたくさんおこった。夢の中、出逢い、別れ……全て「誰か」に操られているようだった。辛い事が起こる時、静かに周りを見渡すとその時々で必要なご縁を必ず運んできてくれる。「誰か」を考えると、祖先も含め亡き人としか思えなかった。

日々起こること全てに「学びなさい」と言われているようだ。

第六章　過去にはならないけど

反動

三回忌の法事後、しげの祥月命日にまた二人で上京した。理由は二人だけで手を合わせたかった、それだけである。

前日に娘のリクエストもあり、東京ディズニーランドへ行った。ゲートの中に入ると二人で夢の国の魔法にかかった。娘は最高の笑みを見せてくれた。とても嬉しかった。だがしばらくしてアトラクションの待ち時間、ふとこんなことを思った。

（しげはこの日をどんな気持ちで過ごしていたのだろう）

考えだしたら、目頭が熱くなった。それでも、キャラクターが見せる濁りのない笑顔が私に力をくれた。

「ママ、もっとがんばるね！」

「がんばらなくていいんだよ？」

（……本当にこの子は五歳だろうか？　私の友達か？　恋人か？）

翌朝にお墓に向かう途中、花屋に寄り、しげの好きな花を買った。そしてお花を墓前に供え手を合わせると、なぜか涙が出てきた。

（なぜかと書いたのは、自分でも自分の涙に驚いたからだ）

泣くだけの強い理由がない。もう何かしなければいけないことがあるわけでもないし、何か言いたいことがあるわけでもない。会いたい気持ちもあるけれど、もうどうにもならないことは十分に理解している。でも涙が出た。あえていうなら……やっぱりこれが現実だということだろう。そして二人だから、自然と流せたと思う。

（少し疲れたな……）

長野に戻ると、さらに心身ともに疲れを感じていた。そしてついに仕事を休んでしまった。心はどうにかしなきゃと思っているのに、身体が全く動かなかった。涙が出るとか、悲しみに暮れるとかではないのだけれど、疲れ切ってしまった。

私より早く死別を経験した人が教えてくれた。

「死別直後から亡き夫の事業を引き継ぎ、仕事に追われる日々を過ごした人がいる。けれど、その反動が十年後にきて、今とても辛そうだ」

「死別後、貯金が尽きるまで何年と自宅で自分を癒して、それから働き始めた人もいる。今、ようやく生き生きしている」

どちらが良し悪しではない。どちらのことも理解できる。ただ一つ確信をもてるのは、頑張りすぎると必ずどこかで反動がくるということだ。これは死別に限らないと思う。自分を守る、防衛策を持たなければいけない。

「疲れたら、休む」

簡単なようだが、勇気のいることだと私は思う。

畑デビュー

私は長野が好きだ。自然を日常の中で感じられるし、温泉も多い。野菜や果物は安くて、おいしい。都会すぎず田舎すぎないところも住みやすい。いつかしげの転勤生活が終わったら、長野に家を建てようとまで相談していた。

長野の方は、自給自足とは少し違うが、自分の家で食べるものを自分達でつくる人が多い気がする（勝手な主観である）。家の庭先で畑をしている人も多いし、米に関しても、自分の家（親戚も含む）で消費できる一年分だけを作るというお宅も結構ある。だから秋には、稲刈りを手作業で行い、はぜ掛けをしている風景を街中でも比較的よく目にする。自分で野菜を作れば、安心・安全は間違いないし、旬のものが食べられる。もしかしたら畑作業が、食べることが好きな私の長い趣味になるかもしれないと思った。又、今からそういうものを見つけておかないといけないような焦りもあった。今は多くの人から収穫物をありがたく頂く側だが、いつか私も誰かに荷物を送り、力を与えられる人になる未来を想像した。予定よりずいぶん早く長野に戻ってきてしまったけれど……「畑をやりたい」と強く思うようになった。

職場で「畑がやりたい」と色々なところで言っていたら、案の定、沢山の人が農業に携わっていることがわかった。そしてK田さんが私の声に耳を貸して下さった。「畑をやるには近場でなければ続かない」と、自宅から近いところに畑をお持ちのD田さんを紹介してくださったのだ。初めて会社の食堂で顔合わせをした時まで、私はしげのことをお二人に全く話していなかった。そこで一通り畑の話を終えた後、恐る恐るじつは……と我が家の事情を話したのだ。すると、お二人とも「しげちゃんの（奥様）？」とかなり驚かれていた。お二人ともしげを知っていたのだ。さらに、しげとの関係を聞いて、また何気ない日常の会話が思い起こされた。しげが私に珍しく「今日、会社で良いおじさんがいたんだよー」と興奮ぎみに話をしていたそのおじさんがK田さんだった。しげの実父によく似た雰囲気をもつ方だ。それから私がこの名前は女性だろうかと頂いたお香典の名前をみて気になっていた人がD田さんだったのだ。こういうご縁もあるのだと思った。

六月初め、いつもなら休日の朝は、のんびりと過ごす。でもこの日は違った。少し早起きして、長靴を履いて畑に向かった。D田さんに教わりながら、娘と一緒に土いじりをした。畑は、想像した以上に気持ちが良かった。それからも時間が許す限り畑に向かうようになった。夏は朝飯前に行く。朝の八時になれば、もう暑くて畑にはいられない。朝が苦手な私だけれど、早起きしてでも行きたくなる。日に日に姿をかえていく畑の様子を見ることがとても楽しみだった。スーパーで陳列される野菜しか知らない私にとって、畑では発見と学びの連続である。学生時代はいつも受け身で勉強をしていたから、畑は学ぶことの楽しさを味わえる場所だ。Ｄ田さんも、畑のご近所さんも言う。「何十年やっても日々試行錯誤だ」と。

毎日でも畑に行きたいが、実際私が畑に行ける日、時間には限りがある。きゅうりが「ウリ」になる事もしょっちゅうだし、収穫物が動物や虫達のご飯になることもしばしばある。けれど「忙しい時ほど」畑に足が向いている気がする。

笑いの力

しげはＴＶが大好きな人だった。いつもチャンネルの主導権はしげで、お笑い番組とスポーツは欠かさずチェックしていた。ＨＤの中もほぼしげに占領されていた。たまに私が録画したい番組があると、録画してくれるのだが、未視聴のマークが消えると勝手に消去される。だからお返しにしげが大事に録画してあったラグビーの試合を、日付の古い順から勝手に消去する。……幼稚な戦いだった。

しげがＴＶを見ている時、私はたいてい別のことをしている。だがしげの不気味な声が聞こえてくると、お笑い番組を観ているのだとすぐにわかった。

（また始まった……）

そのうち完全に一人でツボにはまり大胆な笑い声が部屋中に響きわたるのだ。そして内容を全く知らない私が冷ややかな視線でしげを見ると、急によくわからないタックルを仕掛けてくるのだ。呆れたものだったが、しげの笑い声は好きだった。

ある日の夕方、キッチンに立ち水仕事をしていると、聞いたことのある不気味な声が聞こえてきた。そしてそのうち、水の音をかき消すくらいすごい笑い方になる。思わず、水栓を止め、娘のところに駆け寄った。娘はお笑い番組を観ていた。私も子供の頃にみた特別番組である。何で笑っているのかはわからないのだけれど、娘の笑いは止まらない。

（いつぶりだろう）

私も娘の声に心から笑った。

「ママもいっしょにみよう！」

今ではすっかり、私も娘と一緒にお笑い番組を観るようになった。テレビの主導権は娘で、ＨＤの中は娘の番組でいっぱいである。

娘を見ているとＤＮＡというのは否めないと思うことが多々ある。言い方、癖、考え方にしげを感じる。父子で一緒に過ごした時間は少ないはずなのに、よく似ているのだ。しげを知っている人に娘を会わせるとたいていそう言われる。

「パパそっくり」

「……おひげは生えていないけどね～☆」

娘の返しにまた笑ってしまう。


しげが亡くなった時、よくこんなことを言われた。

「三回忌までは涙、涙の日々よ」

「三回忌までは用心しなさい」

「三回忌を過ぎる頃にはいろんなことが解決できているわよ」

何故みな三回忌を区切りに話をするのか、当時の私にはさっぱりわからなかった。むしろ本当に三回忌を過ぎればこの気持ちが楽になれるのか疑い深く思っていた。

あの頃は、もう二度と心から笑える日など来ないと思っていたのに……時が解決してくれたのだと感じる日だった。

娘のいない夜

娘の保育園でお泊り会があった。娘は初めて親と離れて夜を過ごすことに多少の不安を感じていたが、日にちが近づくにつれ楽しみにかわっていった。

一方私は、ずっと自分のことが気がかりだった。

（娘が居なくて眠れるだろうか……）

私の方が完全に子離れできない親になっていた。私の心が娘に移らないように気を付けていた。この日をどうやって過ごすか娘が毎日寝た後、ノートに感情を吐き出していた。ほとばしらせ十日ほど過ぎた頃だろうか。何故かしげが初めて単身寮で一人暮らしを始めた時のことを思い出した。

（そういえば……しげ一人が寂しすぎて、金魚飼い始めたよね？）

金魚を飼う選択肢が私にはないと思ったら考えていることがバカらしく思えてきた。少しずつ寂しさから問題解決へと思考がまわり始めた。

「朝は畑には行こう」

こういう時のために畑を始めたのだ。あと問題なのは仕事が終わって寝るまでの五時間、どうやって過ごすかであった。冷静に考えればたった五時間なのに、孤独を感じていたのだ。

職場で娘のお泊り会の話をしたら、同じチームの同僚達が、気を利かせてくれた。ずっと前から私が行ってみたかったお店を予約してくれたのだ。

結局、女性五人で贅沢な夕飯を食べた（バーニャカウダー、美味しかったな〜）。その時間がとても嬉しかった。喋りながらゆっくり食事をしていると、あっという間に五時間が過ぎていた。家に着いたのは夜十一時頃だった。疲れ果てて何も考えずに寝られるかと思ったが、そこまではムリだった。歯磨きをしながら、しげのことを考えてしまった。

結婚前、しげとこんなやりとりをした。

「早く一緒に暮らしたいね」

「そんなこと言ってさ、結婚したらあなたの顔なんて見たくない！っていう日が来るんでしょ？」

「……そっか！」

妙に納得したことが今となっては私の過ちである。私の納得した顔をみて、思わず私の肩を叩いたしげも、自分の発言の過ちに気づいたようだった。人は過ちからしか学ばないと、誰かが言っていた。確かな未来なんてどこにもない。

今日の日のように、いつか娘は私の元を巣立つ日が来る。きっと、私達夫婦がともに過ごした歳月よりも、ずっと早くその日はやってくるはずだ。今は会社の飲み会も含めすべて不参加である。同僚に対して申し訳ない気持ちもある。けれど、今は今しかない娘との時間を大切にいっぱい楽しもうと決めた！　同じ過ちを繰り返さないように……。

NTIの卒業式

角帽を被るのは初めてだ。トイレの鏡を見ながら、同期達と一緒に洋装を整えていた。今日は八月五日、米国コロラド州認定、NTIホリスティック栄養学の卒業式だ。

「心と身体はつながっている」という考えに惹かれ、温熱療法の資格を取得した後に、学び始めた。食べたものが内臓にどんな影響を与え、健康を保てているのかより深く知りたくなったのだ。入学した昨年九月（米国は九月が入学時期である）、同じく門を叩いた仲間に会った。同期の顔ぶれ、意気込みを自己紹介を通じて知る。耳を傾け聞いていると、本当に私には卒業できるのだろうかとかえって不安になった。同期の中には医療従事者もいたし、仕事ですでに健康や栄養に携わっている人がいた。卒業生も同様である。みな、何かしら「健康」について疑問に思うことがあり、この学校への入学を決めているのだ。学びへの意欲が明確だった。勿論、私も意欲だけはあった。何故しげが病気になったのか、何がいけなかったのか、どうすれば今後私自身の健康を守れるのか、そういう思いで入学したからだ。けれど、身体の臓器の名前すら無知の私は、課題をクリアしていくことができるのか心配だったのだ。日本の学校と違い、ただ暗記をして答えを一つ出せばいいというものではない。内容を理解した上で自分の言葉で文章にするのだ。案の定、課題を進めるたびに身体の臓器の位置をまず確認しなければいけない初歩的なところから始まった。

看護師の友人に医学の辞書を借りたこともあった。提出期限が迫ると、娘の寝顔を見る前に勉強を開始した。「隣にいるからね」と、布団の脇に机を運び課題に取り組んだ。休みの日も、娘を一日家に閉じ込めておくわけにはいかない。日中は娘と遊び、家事も済ませ娘が寝た後から始める。睡魔に負けそうな時も、多々あった。

「ママ、なんこおわった？　きょうはいっしょにねれる？」

娘から毎日チェックが入った。

全ての課題にA判定をもらうことは一度もなかった。むしろいつも追試なしのギリギリC判定ばかりであった。それでも一応、卒業式を同期一人も欠けることなくみんなと一緒に迎えられたことが嬉しかった。

式後の歓談中、副校長がしげが近くにいる気配を感じたと伝えに来てくれた。実は私もずっとしげの気配を感じていた。副校長の笑みが一気に心を溶かしあふれるものを止められなかった。みなの前で各々スピーチをする時間があったのだが、初めて思いのたけを話してみた。

（この人達なら私の気持ちを受け止めてくれる）

そう感じたからだ。しげが亡くなってからの心の葛藤、温熱施療とホリスティック栄養学を学ぼうと思ったきっかけ、そして学んで私なりで出た答え……全て話し終えた時、ものすごくスッキリしたのを覚えている。なかなか同期の目を見て話すことはできなかった。けれどみんなが私に温かい視線を送ってくれていることはわかった。それが嬉しかった。

翌朝、しげが夢に出てきた。何となく、出てくるだろうなとも思っていた。

「ねえ、俺夢に出てきたよ！　今日は日記は書かないの？」

そんな声が聞こえてきそうだった。少しずつ、私にも心の変化があるようだ。

あなたのために

新卒の頃、教育業界で仕事をしていた。子供相手の仕事は、一年の流れがとても早い。四季の移り変わりが顕著に見えたかと思うと、瞬く間に成長していく子供の姿があった。仕事の中で一番好きだったのは、保護者との面談だった。面談をすると、家庭での生徒の様子がより具体的に目に浮ぶのだ。そして、さらには家庭の様子も自然と見えてくるのが興味深かった。

いつも落ち着いて勉強している生徒の保護者に、こんな質問をしたことがある。ご家庭ではどんな風に子育てされていますか？　若かった私は今後の参考にとお願いして聞いたのである。するとだいたい同じ返答が返ってきた。

「勉強のことはわからないので、子供に任せています」

あの保護者は、大事なものがわかっていたのだろうと今は思えるようになった。子供のテスト結果や成績に一喜一憂せず、全てを見守れるその姿勢が、思い返しても素敵だと思っている。今まさに私にとって子育てのお手本である。

子供に良い高校や大学に行ってほしいと願う親は沢山いると思う。それは子供が将来いい会社に就職し、生活の安定を求める親心だと思う。私も親になって、その気持ちがより理解できるようになった。だがしげの死を通じて、それが一番大事なことではないと、思うようになった。

しげの病を告げられた時から私の感性はとても鋭くなった気がする。時折、許しがたい言動に怒りをあらわにすることもあった。それでも時間の経過とともに少し冷静に物事を見れるようになると「何がそんなに受け入れがたかったのか」考えられるようになった。するとと皆違うようで根本は同じであると思ったのだ。

「(自分が) 心配だから」

「(自分の) 心が収まらないから」

「(自分と比べて) かわいそうだから」

私の心は置き去りのまま相手の考えが「あなたのため」という言葉で片付けられてしまったことが辛かったのだ。

「あなたのため」を本当に考えてくれている人は、余計なことは言わない。だから「普通」や、「誰か」と比べることもない。比べないから、似ているとか、同じとか、そういう言葉も出てこない。型がないから、いつも私を思いやる一言があった。

「あなたは大丈夫?」

それだけで十分なのだ。

私の好きな作家がテレビでこう言っていた。

「教育・子育てで大事なのは、自分以外の人の痛みがわかる子供に育てること。それさえできれば、八割は成功と言って良い」

深い言葉だと思う。

巡りあう

娘が六歳の誕生日を迎えた。しげ亡き後、娘の誕生日はいつも私以外の誰かが一緒にいたので娘と二人だけでこの日を迎えるのは初めてだった。娘のリクエストのアイスケーキを作って、お祝いを始めた。

「♪ハッピバースディ～……」と歌い始めたのだが、やめた。一人だけの声だと寂しさが際立った。慌てておもちゃのピアノを取り出し、仕切り直した。伴奏をつけてもう一度歌った。

娘が一歳の時、しげの病がわかった。あの頃は毎日が異様に長く感じて、娘の誕生日が待ち遠しくてたまらなかった。

病院の診察室、たくさんの厳しい状況を突きつけられた。それでも私の中で譲れない部分があった。だからしげのいないところで、必ずこう訴えた。

「娘の記憶に主人が残るまでは……お願いします」

漠然と考えていた娘の記憶の始まりがいつなのかわからない。もしかしたらしげが亡くなったあの日から始まっているのかもしれない。けれど、娘は私が想像した以上に色々なことを覚えてくれている。三歳だったあの日から今日の誕生日まで、娘の成長だけを見ればとても早く感じている。

大学の頃、塾講師のアルバイトをしていた。数少ない教え子の中で今でも何人か連絡をくれる生徒がいる。出逢った頃、彼女らは中学生だったし、携帯電話を持つ時代ではなかった。だからずっと連絡を取り続けていたわけではない。それなのに、である。

しげが亡き後、恵比寿の駅ビルを歩いていた。私の歩く先に見覚えのある人が私に迫ってくる。お互いの距離が十メートルほどになったとき足が止まった。

「えっ……？　なんでここにいるの？」

中三の頃、宿題をやってきたらシールが欲しいと言っていたS美である。

これから出社をするところだという。時の流れの早さを感じた。この時は、お互い立ち話で現在の近況報告をしてから別れた。

S美は、中学生の頃から素直な子だった。ものごとの良し悪しの判断がいつも潔くて、周りの子を引き付けるだけのパワーをもっていた。大人になってからも、本人にとっては無意識らしいが、いつも相手を思いやれる心を持っている。話をすればするほど、年下のS美から学ぶことが今も私は沢山ある。この再会をきっかけにS美とはよく会うようになった。

「○○ちゃん（娘）誕生日プレゼント～」

S美に会うといつもお土産を娘に用意してくれる。おもちゃが並んでいる棚をみると、

（これもS美から頂いたな〜）

と感謝の気持ちが溢れてくる。今では、教え子というより……友達でもなく、妹のような感覚である。お互いの都合が合えば、電話もする。留守なら留守で、何の返信もしない。気が楽である。でもお互いの気持ちが一致した時は大変。喋っていると話が止まらなくなって、日付が変わっていることがよくある。

「話が尽きないから、長野に行くわ！」

「来てきて！　待ってるね！」

長野に来た日、娘が寝て、「よしこれから〜♪」というところ……。

S美は夜九時、娘の隣で寝ていた……。お互い顔を見れば十分なようだ。元気でいれば、また会えるね。

第七章　卒園まで

感無量

娘を一歳で保育園に入園させることになったのは、しげの病気がわかったからだ。娘を病院に付き合わせるより、同世代の子達と一緒に過ごした方がいいだろうという私の判断だった。しかし、もう四月をすぎていたから、近所の保育園は満杯で少し離れた園に通わせることになった。園のことについては事前に下調べをする時間もなかったし、毎日が最低限の用意をして娘を預けていた。だから行事のたび新鮮で、秋の運動会を初めて二人で見に行った時、一段と驚いた。

一つは娘の成長である。いつもしげのことが優先で娘が園生活をどんな風にすごしているか気になっていた。毎朝泣く娘をムリやり先生に預けていたけれど、それなりに集団生活ができている。そして泣かずにみんなと一緒にかけっこに参加しているではないか。しかも、堂々と歩いてゴールしていた。

もう一つ、驚かされたのは年長組が、組体操、鼓笛を披露している姿だ。知り合いの子は一人もいない。けれど子供たちの真剣な眼差しと、息の合った演奏に目頭が熱くなった。隣をみたら、私と同じ気持ちで目頭を熱くしている人がいた。

「○○（娘）の年長の頃は、感無量だろうな〜……」

お互いにそれ以上の言葉は必要なかった。

東京から長野に戻る、引っ越しを決めた理由の一つに、この運動会もあったかもしれない。そんなことで？と思うかもしれないが、そんなことなのである。しげが見たかったであろう、娘の姿を私が見届けること、それは私の中で大事にしたいことだった。

五年後――。

保育園最後の運動会の日を迎えた。かつてしげと未来を想像した同じ場所で、何のレンズも通さずこの目でしっかりと見届けた。この時を一人で見る寂しさもあったが、娘の成長した姿に涙にも勝る頼もしさがあった。

（これからはしげの分も娘の成長を見届けるね）

前向きに思った時だった。組体操のエンディング曲に、私達の結婚式で使った曲がかかったのである。

（一緒に観ててくれていたんだね）

溢れてくるものを止められなかった。まさに感無量だった。姿は見えなくてもいつも傍にいるよとしげが伝えてくれた。

すると、何かを変えること、変わることには臆病になり、勝手に「変わること」がこれまでを「捨てる」ことに近い感覚を持っていた自分がちっぽけに思えた。

決して捨てるわけでもないし、捨てられるものでもない。過去も含めて、今なのだと思いたい。新しい景色が見えてくると、「変化は怖いもの」と決めつけ、固まっていたこれまでの自分の心が、じんわりと柔らかくなってくる。

なんだか良い循環が芽生えてきたのだ。

合わせない

初めて友人の結婚式に呼ばれた時、服装やご祝儀袋の包み方などがわからず、成人式の時にもらったマナー本を熟読した（懐かしい）。冠婚葬祭にマナー本が多く出回るのは、相手の人生の節目に要らぬ記憶を残さないためだと改めて気づかされた。

だが、近頃足並みをそろえられないことを辛く感じていた。マナーとは違うが、周りが思う「普通」に合わない。頭の中では「こうしなければいけない」と考えられるのに……そうできないのである。なぜ私はできないのだろうか、できなくなってしまったのかと自分を責め、泣いては孤独を味わった。そして何度か繰り返すうちに、当たり前のことに気が付いた。

「私は少数派になったのだ」

私の視点が大きくかわったのだ。

「……どうしようもない。諦めよう」

どちらが正しくて、どちらが悪いというわけではない。亡き人を想う気持ちに大差はない。けれど、心の整理ができないうちは、ずっと、ずっと、苦しかった。

ある方にこう質問されたことがある。

「遺された家族にとって何をしてあげることが良いのか、どう声をかけたらいいのかわからない」

この言葉だけで、その方の心の温かさと誠実さを十分感じた。

これは遺された家族にとって、みな違う。私も自分の経験でしか答えられない。けれど、一番はいつまでも故人を忘れず、忘れていないことを伝えてくれることが嬉しいのではないかと、思う。

わざわざ忙しい時間の合間をぬってお墓参りをしてくださったり、祥月命日にお花やお供物が届くことは本当に嬉しいことだ。


大学生くらいからだろうか。私が中一の時に亡くなった祖母の祥月命日になると、お供物を祖父に贈るようになった。家族がそうしているのをみて、私もそうするものだと思った。そして祖父は荷物が届くとお礼の電話をくれた。

「今年は一番のりだったね〜」

祖父と同じ経験をして初めてその言葉の裏にある本音を少し想像してみた。

私にとってしげの死は、十年経っても五十年の月日が流れても、忘れるはずのないものである。でも、他の方々にとっては、おそらくそうではないだろう。皆、自分や家族の日々の事で慌だしいし、この世にいない人の事を想う機会は、月日の経過と共に減っていくものだろう。有難い事に、今は沢山届くお供え物も、次第に届けて下さる方が少なくなっていくはずだ。「しげの事、忘れていないよ」という周りの方からの声が次第に遠くなって、聞こえなくなる日が来るかと思うと、私にはこれからも長い孤独が待ち受けているのかもしれない。それでも私が生き続ける限りは、しげのことを覚えていて、供養してあげることができると確信している。

毎日心穏やかに過ごせればいいのだけれど、そういかないところが生きているということなのだと思う。けれど、深い悲しみが自分の人生に訪れたとき、「今の自分は普通じゃない」そう自分で自分を認めてあげられれば、足並みがそろわないことを誰かに指摘されても、案外全てがどうでもよく思えるような気がする。

ない。

これからの事

三回忌を過ぎる頃までに、周りが私に再婚話をしてくる。具体的な相手がいるわけではない。

「再婚してもいいのよ」

「再婚した方がいいいんじゃない？」ということだ。

そういう話をすること自体、どうなのかと思う時もあった。「そんな気持ちになれるものなら、どんなに楽だろうか」と思ったからだ。私だって周りが思うよりずっと将来のことを考えているし、考え始めれば今でも不安だらけだ。「若い」ということは、しげと一緒に過ごした約十年の歳月が、あっという間に誰かと一緒に過ごす時間にかえることもできるだろう。私だって考えなくはないし、もし仮に私にそういうご縁があったとしても、しげは喜んで祝福してくれるということもわかっている。

だが……、だが……なのだ。頭ではわかっているが、心は難しいのだ。そして、これは私だけの問題ではない。今の私は、再婚云々よりも、母として娘と一緒にいることに幸せと存在価値を感じている。だから今はそういう声も、「心配してくれてありがとう」と思うことにして気を治めるようにしている。

そういえば、祖父の話を思い出した。子供達に「もし、再婚すると言ったらどうするか」と尋ねたらしい。祖父なりに相手がいたわけではないが、聞いたそうだ。意見はそれぞれあったらしい。だが祖父は最後に、子供達にこう付け加えたようだ。

「相手はだれでもいいわけじゃない。僕にも選ぶ権利がある」

当時七十を過ぎた祖父である。


未来のことを考えて、全く不安のない人などいるのだろうか。誰もが多少なりとも不安を抱えながら生きているのだと思う。でも不安だと嘆いていても仕方ない。

「この世は地位も富も名声も、お金も確立されたものなど何もない。確かなことは死に向かって生きていることだけだ」

本かテレビで聞いた言葉だ。

食の力

毎日通う場所、働かせてもらえる場所があることは、とてもありがたい。身体が思うように動かない朝も、自分を奮い立たせられる。だがそんな時は、あえてお弁当を持たずに出社するようにしている。昼休みを告げるチャイムと同時に部屋を出て、決まっていくお店がある。カフェAだ。日替わりでパスタとカレーが一品ずつ用意されている。そこにサラダと飲み物付。時間に余裕がある人はおまけがつくこともある。

（大満足！！！）

初めてその店を出た時、幸せな気持ちになれた。そして、気づけば一人で足しげく通うお店になっている。

もう一つ理由がある。ただおいしいだけじゃない。おいしいだけだったら、そのうち飽きている。私はこのお店を切り盛りされているご夫婦のファンなのだ。ご主人はいつもにこやかで、すべての負の感情を吸い取ってくれるような方である。話の引き出しが豊富で、また話したいなと思う。私が風邪ぎみの時は「ビタミンチャージして！」とこっそりオレンジジュースを添えてくれる。そのちょっとした気遣いがとても嬉しい。

奥様のつくるメニューは、（私はいつもパスタだが）何を食べてもおいしい。「いつもおなじのでごめんね～」と奥様は謙遜するけれど、私は、また食べたくて行くのだ。行ってみないとメニューがわからない、というのも私には大好きだった給食を思い出させる楽しみの一つだ。「おまけ」はいつも本格的である。「ケーキ屋でちょっとアルバイトをしただけ～」という腰の低い奥様だ。心遣いが随所に散りばめられている。忙しい時間帯は私の方がお二人を心配してしまう。

「大丈夫かな？」

カウンターの隣の席に座った知らない方と、お互いに心の声が漏れ、顔を見合ったこともある。お二人の人柄に惹かれる人は多いだろう。

今では月一で娘も連れて通うようになった。生活のリズムが少しずつかわり始め、月命日の早朝モーニングがカフェAに変わったのだ。おいしい食事をしながら、時折、奥様やご主人と話をすると、より心に響くことがある。

「やりたいことやったらええんよ。結果はそのうちついてくる」

あったかくて威勢の良い関西弁が、私の背中をぽんと押してくれる。

どんな商売や、職業に就いても、最後は人が大事なのだとお二人を見ていて思う。カフェAから出ると、いつも笑顔になれるのだ。

おいしいご飯を食べると幸せな気持ちになれる。特にこの二年間は、その記憶が忘れられない。どん底まで沈んだ心を一瞬でも幸福にさせてもらえたからだ。荷物で送られてきたお米やお惣菜、東京で御馳走になった鉄板焼にフレンチ、どれも心まで満たしてくれた。長野に越してからも、畑の恵みをはじめ、八百屋のM代さん、りんご農家のM本さん、そしてカフェAなど食からパワーをもらって前向きに生きられているような気がする。

食が人に与える力はとても大きい。食を通し愛を伝えること、より一層大事にしたいと思った。母が私にしてくれたように、私も娘に……。

自分だけじゃない

しげが亡くなった時、娘は三歳だった。もしかしたら四歳頃までの娘は、亡きしげの姿が見えていたかもしれないと思う出来事があった。

「パパがまどからはいってきたー！！　こわーい」

「パパがいまね、○○（娘）のうしろからおにぎりたべた」

いつも突然なのだけど、何度かそういうことがあった。

それが成長と共に少しずつかわってくる。娘がしげのことで泣いている時、私はただ、ただ抱きしめてあげることしかできない。

（今日はこの子に泣かせてあげよう）

まず、そう思う。そして娘の嗚咽が少し落ち着くと、娘は私の顔を心配そうに見上げる。その顔を見ると私にもこみ上げてくるものがある。我慢、我慢と何度も思うのだが、一粒だけこぼれ落ちてしまう。その一粒を娘が手で拭いてくれる。

（またやってしまった……）

「一緒に泣ける人がいて良かった。……パパに会いたいね」

そういいながら、また二人で泣く。そして涙が止まると大抵日帰り温泉に行き、おいしいものを食べて帰ってくる。

それだけで済まないのが思考の厄介なところだ。

どうしたら娘の心を軽くしてあげられるのだろう、と考えていた矢先だった。TVの中ではあるが、親を亡くした子供が映っていたのだ。娘を呼び我が家と同じ状況だと説明した。娘は驚き、こう答えた。

「じぶんだけかとおもった」

娘も孤独を感じていたのだと、この言葉でわかった。

私もかつて「自分だけ」と感じていた時期があった。未だに子育て中の死別経験者に直接会ったことはない。シングルマザーのうち死別による離別は一〇%にも満たないらしい。けれど……ゼロじゃない、いるのだ。メディアを通じてその少数派の人達を知るだけでも気が楽になった。けれど、娘にとって同じ境遇の仲間を探すのはとても難しいことだろう。実際に私はまだ、両親ともに健在で親を亡くす哀しみは、わからない。娘はきっと、私が感じている孤独とはまた違う孤独を抱いているはずだ。四歳の娘が犬を飼いたいと訴えたことがある。その理由を聞いて驚いた。

「ママがしんじゃったら、ひとりになるから……」

何も言えなかった。

「パパのこえ、どんなだったっけ?」

最近、娘は具体的にしげを思い出そうとしている。これも成長の証だろう。しげがいないことで、これから先悲しむことがあるかもしれない。けれど「自分だけじゃない」と思って強く生きてほしい。

泣きたいときは一緒に泣こうね。ママはいつでもあなたの味方だから。

ひと時の幸せ

娘の大好きな映画のワンシーンで、スカイランタンに願いを込めて夜空に飛ばすシーンがある。日本でも冬の季節になると、イベントとして開催している場所もあるらしい。「いつかやりたいね」と娘と話題に上がっていた。その矢先たまたま二月に、近所でスカイランタンを打ち上げるイベントがあったので迷わず参加することにした。灯りをともす前に、飛ばす基に願いを書き込む。娘はすぐにペンを走らせた。

「パパにあえますように」

「パパにとどきますように」

運が良かったのか悪かったのかわからないが、たまたま大勢の中で取材のカメラを向けられてしまったのである。

「見せてもらえる？　なんでこう書いたのかな？」

娘が振り返り、私の顔を見上げる。

（……正直に答えるしかない）

「この子のパパは亡くなっていて……」

それだけ答えるのが精一杯だった。だんだんスタッフの表情が変わり始めていくのがわかった。取材が終わるとすぐに逃げ出したくなった。あまりに他の人が書いている願いと違う気がした。私の考えが浅はかだったのだ。

制作が終わってから、碁を飛ばす予定まであまり時間はなかったのだが、気分転換に部屋からでた。もう戻りたくないと思ったけれど、楽しみにしている娘の顔をみたら、そんなことはできなかった。予定時間ギリギリに戻り、明るい部屋の入り口の隅っこに座った。僅かな時間だったと思うが、私の目にも他の方の完成したランタンの文字が目に入ってきた。そのうち、自分達のランタンも参加者から見られ、私と娘に何度も振り返り視線を向ける人がいるのがわかった。


ようやく打ち上げの時間になり外にでるとすっかり夜空になっていて、見物客が沢山いた。見物客からも見えない場所をしっかり陣取った。少しずつ、心が落ち着き始めているのが自分でわかった。そしてスカイランタンを打ち上げる時間がようやくきた。夜空に放たれ文字が見えなくなると、場違いな孤独感が消え、空に放たれた薄暗い灯りに癒された。そして、しげのことだけを考えていた。その心が娘にも移ったようだった。

「パパ、きづいてくれたかな？」

娘の言葉が、いつも私を救ってくれる。一日のうち、一瞬だけでも、ホッとできる時間があるなら、それで幸せだと思えるようになりたい。

卒園式

二〇一九年三月十五日、娘の卒園式。一度は退園したものの、また同じ園で一歳からのお友達と一緒にこの日を迎えられた。退園の時、先生方が「待ってるからね！」と私達家族を雪が積もる寒空に負けないくらいのエールで送りだしてくれた。三人で戻ることは叶わなかったけれど、娘を温かく迎え入れてくれた日のことが今でも忘れられない。

集合時間より少し早めに園に到着した。まずは娘を預けた時からお世話になった先生方に挨拶をして回った。みなが来ないうちに、という思いが強かったかもしれない。先生方の顔を見ると、ダメだった。何も話さなくても通じ合えていたような気持ちだった。その後、誰もいない園庭で娘としばらく空を眺めていた。

（いいお天気だな〜）

式中は心に蓋をして、平然を装おうとしていた。けれど、娘がピアノの音色に合わせ入場してくる姿をみたら感情を抑えることができなかった。

（見たかっただろうな）

入園させた時から今日までが一気に回想され始めてしまった。何度も思考を変えようとしたけど止まらない。我が家にとって大きすぎる変化のあった六年間を、人知れず歯を食いしばって生活してきたこと、これからはしげの知らない場所で、娘が生活していくことへの寂しさが募った。声が出ないように堪えるのに必死だった。

この日、きっと自分にとって心から穏やかにはなれない日になることは想定済みだった。だから思い切って、卒園式後にある旅館を予約しておいた。以前、しげと行ったことのある旅館だ。遺影を持って出かけた。そして、食事会場で個室があったので、お願いしておいた。旅館に一言断りを入れ、しげの遺影を置かせてもらったのだ。

自分が心穏やかに過ごしたい時は、あえて先方に我が家の事情を話すようにしている。これは勝手な思い込みかもしれないが、中には母子を見る目が厳しい人もいる。

「お父さん置いて、二人で外食？　お泊まり？　いいご身分ね」

そんな声が、勝手に、勝手にだけど感じることもある。宿泊客にまでそれを望むのはムリだけれど、せめて食事の時間くらいは心を穏やかに過ごしたいと思うのだ。

この旅館のスタッフは、我が家の事情が全スタッフに行き届いているようだった。朝晩の食事に、しげの陰膳を用意してくれていた。三人で娘の晴れの日を乾杯した。いつぶりのお酒だろう。ようやく心落ち着ける良い時間を過ごせた。

「ママ、パパのもたべていい？」

しげさん、早く食べないと娘に取られますよ？

あとがき

原稿を書きながら、日記を読み返していると、日を追うごとに日付の間隔が空いていた。それは少しずつだけれど、自分の気持ちに折り合いをつけられるようになった表れだろう。「折り合いをつけられた」というのは、その言葉の通りで、時がすべてを解決してくれたわけではない。主人を忘れられる日などくるはずないし、悲しみが消えることもない。会いたい気持ちはずっと変わらない。主人に日本開催のラグビーWカップを見せてあげたかったし、東京オリンピックも一緒に記憶に残したかった。「もし生きていれば……」これから先、何十年経とうとも、周りからは立ち直ったかのように見えても、心の中では亡き人を思い続けている。それくらい大切な人の死は、遺された人の心に影をおとす。

たまに私を選ばれし強い人間だと言う人がいる。「あなただから乗り越えられた」「乗り越えられる人だけに試練は与えられる」。そんなことあるはずがない。そもそも大切な人を亡くす哀しみに耐えられる人などこの世にいるのだろうか。もし仮に強いように見えているとすれば、せめて空元気でも出しておかなければ、生きていけないという本能が働くからだと思う。生きていく為に、あえて忙しい毎日を選び、哀しみを紛らわしているだけである。

長野での生活はとても心地いい。おいしいものを食べ、四季を感じ、温泉に浸かりながら、広い空と山々の様子が刻々と移ろう景色を日常の中で眺められる。その雄大な自然の中に身を置いていると、「自分」とか「主人」とか「娘」とか、そうした私の心の全てを占めているものは、実はほんのわずかな存在でしかない事を実感する。小さな存在一つひとつの中で、私は生きているのだ。主人も、かつてそこにいた。いつも私と肩を並べていた。……でもよく考えてみると、ただ肩を並べていただけでお互いに違うことを考えていたかもしれない。私は主人の全てを知っていたわけではないのだ。まだ出会っていなかった若かりし日の彼、会社での彼、入院中の面会していない時の彼。共有していなかった時間の彼を、私は知らない。なのにこの世から主人が姿を消してしまうと、私は彼の全てを知っていて、彼の全てを手離してしまったような気になっていた。必要以上の執着だったのかもしれない。夫婦や親子でも相手の「全て」を知る事なんて、実は到底あり得ないのだ。

今生きていることが長い歴史の中や自然の中のほんの一部であるのと同じように、主人、そして娘に出逢えたことが私の人生の一部である。そのわずかな一時の大きな喜びや悲しみが、これからの私の人生をより豊かなものに導いてくれたことだけは間違いないと思っている。

この原稿の締め切りに近い日、娘の小学校で音楽会があった。その音楽会の最後に六年生が退場曲に演奏してた曲は、この原稿を書き始めた時に、娘が車の中で口ずさんでいた曲だった。

しげ、ありきたりな言葉だけれど……いつも、ありがとう。

二〇二〇年一月

著者紹介

藤井あづみ（ふじい あづみ）

1985年新潟県生まれ。長野市在住。
大学生だった20歳のころ、同学年の主人と出会い、
お付き合いを始める。
25歳で結婚し、2年後に娘を授かる。
28歳の時、主人に病が見つかり30歳で死別。
主人との死別後、「死」を身近に感じ、
身体についての知識を得るため、温熱療法師、
米国コロラド州認定NTI栄養コンサルタントの資格を取得。

パパへ、ママのゆめにもでてきてね

2020年3月10日　第1刷発行

著　者　藤井あづみ
発行人　久保田貴幸

発行元　株式会社 幻冬舎メディアコンサルティング
〒151-0051　東京都渋谷区千駄ヶ谷4-9-7
電話　03-5411-6440（編集）

発売元　株式会社 幻冬舎
〒151-0051　東京都渋谷区千駄ヶ谷4-9-7
電話　03-5411-6222（営業）

印刷・製本　シナジーコミュニケーションズ株式会社
装　丁　とねこ

検印廃止

Printed in Japan
ISBN 978-4-344-92688-2 C0095
幻冬舎メディアコンサルティングＨＰ
http://www.gentosha-mc.com/